光文社文庫

文庫書下ろし／連作時代小説

# 悪滅《あくめつ》の剣

牧　秀彦

KOBUNSHA

この作品は光文社文庫のために書下ろされました。

目次

# 言祝《ことほ》ぎ奉り候

## 一

江戸は年の瀬を迎えていた。

天保《てんぽう》元年（一八三〇）と年号が改められたのは、十二月十日（陽暦一八三一年一月二十三日）のことだった。

すでに半月が過ぎ、今日は二十六日である。

別段、人々の営みにさしたる変わりはない。

ここ根津権現《ねづごんげん》の門前町でも、時は忙しいながらも穏やかに流れていた。

根津権現は、上野《うえの》の乾《いぬい》（北西）に位置する。

神代の英雄・日本武尊《やまとたけるのみこと》の創祀《そうし》と伝えられる古《いにしえ》の社《やしろ》であると同時に、亡き文昭院《ぶんしょういん》（六代家宣《いえのぶ》）の産土神《うぶすな》として世の尊崇を集め、歴代将軍がしばしば社参に訪れる名刹《めいさつ》だ。

その門前町に、らしからぬ三味《しゃみ》の音が流れていた。

参拝に訪れたとは思えぬ、鼻の下を伸ばした男たちが通りを行き交《か》っている。

勤めの合間に店を抜け出した商家《しょうか》の手代《てだい》らしい、お仕着《しき》せ姿の若い男もいた。

通りの両側に軒《のき》を連ねた建屋には吉原遊郭《よしわらゆうかく》のそれを模した朱塗格子《しゅぬりごうし》が設けられ、白粉《おしろい》を首筋まで塗り込めた女たちが、客の袖《そで》を引いている。

根津権現の門前町は、江戸市中でも有数の岡場所《おかばしょ》なのである。

八つ（午後二時）から口開けとなる昼見世《みせ》はまだのんびりとしたものだが、六つ（午後六時）に夜見世が始まれば懐具合の良い上客《じょうきゃく》が三々五々群れ集い、馴染《なじ》みの店に登楼《とうろう》して大尽《だいじん》遊びという運びになる。

人の往来も激しい歓楽街となれば、懐中物を狙《ねら》う掏摸《すり》や、喧嘩《けんか》を仕掛けて金品を奪おうと目論《もくろ》む無法者がはびこるのも、やむなきことだった。

鳥居に向かって右脇の辻《つじ》には、申し訳程度の番所《ばんしょ》が設けられている。

間口《まぐち》と奥行きがほぼ等しい、九尺《くしゃく》（約二七〇センチメートル）四方の造りで、床面積はわずか六畳にすぎない。それも、奥行きは三尺（約九〇センチメートル）張り出しの式台《しきだい》を含めたものなので、かなり狭苦しい。

もしも出入口の脇に突棒《つくぼう》・刺叉《さすまた》・袖搦《そでがら》みの捕物三つ道具が置かれておらず、高張提灯《たかばりぢようちん》が吊《つ》られていなければ、侘《わ》びしい仮小屋にしか見えまい。

こんな小さな辻番所だけで、江戸で指折りの悪所《あくしよ》の治安が守れるものではない。誰もがそう思うことだろう。

実際、去る十月までは掏摸や引ったくりが盛んに出没しており、根津権現前の辻番所はほとんど機能していないに等しかった。

かかる状況から一転し、市中の小悪党どもが根津門前町での乱暴狼藉《ろうぜき》を手控えるようになったのは、凄腕《すごうで》の番人が一人、新規に雇われてからのことであった。

## 二

辻番所の腰高障子《こしだかしようじ》は、常に開け放っておく決まりになっている。

式台に、二十代半ばと思《おぼ》しき若者が座っていた。

彫りの深い顔立ちの若者である。

双眸《そうぼう》は大振りで眉《まゆ》は黒々と太く、鼻は高いながらも座りが良い。

単に二枚目と言うよりも、精悍《せいかん》な美丈夫《びじょうぶ》といった印象を与えられる。

髷《まげ》は結《ゆ》っていなかった。月代《さかやき》を伸ばした長髪を頭の後ろで束ね、筋骨逞《たくま》しい肉体に手綱《たづな》柄《がら》の茶染《ちゃぞめ》の袷《あわせ》と、同色の袴《はかま》を着けている。

この時代、士分以外の者が平時に袴を着用するのは禁じられていたが、値《あたい》の安い木綿《もめん》の布地を用い、股引《ももひき》をやや太く仕立てた程度の手製の品となれば、禁令に触れるほどのことでもない。

ヤスデの葉を思わせる手に、若者は菜切《なき》り庖丁《ぼうちょう》を握っている。

剝《む》いていたのは、柿《かき》だった。

すでに六個ばかりの実がきれいな剝き身になり、大ぶりの碗《わん》に盛られている。

その目の前に、一人の浪人が立った。

齢《とし》は、三十代後半といったところだろうか。

身の丈《たけ》は並よりもやや高いといった程度だが、細身の体軀《たいく》に無駄な肉はまったく付いておらず、そろそろ中年に差しかかるとは思えぬほどに引き締まっていた。

刀は帯びていなかった。鞘《さや》の塗りが剝《は》げかけた小脇差《こわきざし》だけを、これも色褪《いろあ》せた羊羹色《ようかんいろ》の袷の帯前《おびまえ》に差している。

袷に重ねて着けた黒羽織は紋が分からぬほどに傷《いた》んではいたが、丈夫な浅葱《あさぎ》木綿の裏地が付いているので、仕事着としては申し分ない。

左手には丸めた莚《むしろ》と一緒に、渋紙《しぶかみ》を貼《は》った小ぶりの籠《かご》を提げている。

今日は早々に商売を切り上げてきたらしく、稼いだ銭《ぜに》を入れた袂《たもと》はわずかに垂れているのみだった。

饅頭笠《まんじゆうがさ》の下から、浪人はそっと声をかけてきた。

「閑《ひま》そうだの、弥十郎《やじゆうろう》」

「……伊織《いおり》さんか」

弥十郎と呼ばれた若者は、ひょいと顔を上げた。

柿を剝く手は、休めようともしない。

「差し入れが余っちまったもんでね、裏店《うらだな》のちびたちに振る舞ってやろうと思って」

「まめまめしいの」

塵埃《じんあい》に汚れた饅頭笠を脱ぎ、端正な細面《ほそおもて》を覗《のぞ》かせながら伊織は言った。

「されど、皮ごと食《しよく》するほうが幼子《おさなご》は喜ぶはずだ。剝いてしまえば、それだけ嵩《かさ》も減ってしまうからの」

「それはわかっているんだけどね、どういうわけか、手がひとりでに動いちまうのさ」

「行儀が良いのも、武士の子の習いというわけかな」

「まだ思い出せないけど……そういうことらしいや」

苦笑まじりに弥十郎は碗を持ち、空《あ》いた右手で柿の皮をまとめて拾い上げた。路地裏の長屋まで足を向けるついでに、芥溜《ごみだ》めに棄《す》ててくるつもりなのだ。

立ち上がった若者は、つくづく背が高かった。

優に、六尺（約一八〇センチメートル）を超えているだろう。文字通りの、六尺豊かな巨漢だった。

「すぐ戻るから、先に話を始めていておくれ」

そう言い置いて、弥十郎は辻番所に隣接する裏長屋の木戸を潜《くぐ》っていく。

逞しい背中を見送る伊織に、番所の奥から声をかけてくる者がいた。

「お出《い》でになっていたんですかい、伊織さん」

番所の奥から、小柄な老爺《ろうや》が顔を出した。

五尺一寸（約一五三センチメートル）足らずの体軀を茶縞《ちゃじま》の重ねに包み、からげた裾《すそ》を帯の後ろに挟み込んでいる。

重ねも帯も古びてはいたが、独鈷《とっこ》つなぎ模様の角帯《かくおび》は安価な模造品ではなく、本場博多《はかた》の茶献上《ちゃけんじょう》だった。どうやら若かりし頃には、結構な洒落者《しゃれもの》であったらしい。

半ば白くなった髪を、老爺はたばねに結っている。遊び人ふうの鯔背《いなせ》な髪型が決まっているのも、重ねた年季ゆえのことであろう。股引を穿《は》いた脚は細すぎず太すぎず、筋骨逞しいとは言えないまでも両の腕は太く、胸板も相応に分厚い。

「もう、包帯をせずとも良いのか」

心配そうな声で、伊織は問うた。

「何を仰《おつしや》るんで」

老爺は、何食わぬ顔で左手を打ち振ってみせる。

皺張《しわば》った手の甲には、幾重もの刃物傷が生々しく残っていた。

「ゆんべ、弥《や》の字《じ》に湯屋《ゆうや》で背中を流してもらったついでに外しちまいやした。いつまでも塞《ふさ》いでおいたんじゃや、飯をこさえるにも不自由でいけねぇんでね」

「しかし、膿《う》むと事だぞ」

「心配しねえでおくんなさい。これでもお前さんぐらいの齢の頃にゃ、根津界隈《かいわい》で強面《こわもて》のお兄《あにい》さんで通っていたんですからねぇ……」

一本も欠けていない歯を見せつつ、老爺は明るく笑ってみせた。

半月前に白刃《しらは》を振るって無頼漢と渡り合い、浅手《あさで》ばかりとはいえ少なからぬ傷を負った身とは、とうてい思えない。

「それはそうと、伊織さん」

小腰をかがめた老爺は、一転して申し訳なさそうに言った。

「弥の字がでかい図体《ずうたい》で戸口をふさいでいたもんで、気が付かずにすみやせん」

「悪《あ》しざまに申すこともないだろう、おやっさん」

と、伊織は鷹揚《おうよう》に答えた。

「弥十郎が戸口を固めてくれていればこそ、人目を憚《はばか》らずに済むのだからな」

「違えねぇ」

応じて微笑《ほほえ》む老爺の名は、留蔵《とめぞう》という。

背筋はしゃんと伸びていたが、年が明ければ六十三歳になる。

江戸市中の辻番所を預かる番人には、還暦を過ぎた者が珍しくなかった。

留蔵のように多少衰えてはいても足腰のしっかりした者は稀有《けう》であり、市中の寄合《よりあい》辻番を運営する辻番請負人組合《うけおいにんくみあい》にとっては、誠に貴重な人材だった。

「おぅい、集まってきな」

程なく、板塀《いたべい》越しに呼ばわる若者の声が聞こえてきた。

「なんだい、またむいちゃったのかい！」

「あたいたちはさ、おんばひがさのおじょうちゃんなんかじゃないんだよぉ。わかってんのかい、やのじのお兄ちゃん？」

男児と女児の入り交じった、小生意気な声が後に続く。

本気でぼやいているのではなく、無法者を恐れさせる巨漢らしからぬ弥十郎の几帳面《きちょうめん》さに半ば感心し、半分おもしろがっているのだ。

留蔵が、ふっと相好《そうごう》を崩した。

「あいつはどうしてこう、こどもに好かれるんですかねぇ」

「侍《さむらい》らしからぬところが、警戒を誘わぬのであろう」

答える伊織の横顔に、柔和《にゅうわ》な笑みが浮かんでいる。

「とにかく、上げてもらおうか」

留蔵は無言でうなずき、伊織を屋内へ誘う。

表の腰高障子を閉めるわけにはいかないが、膝隠《ひざかく》しの台を立てることまでは禁じられていない。

畳に腰を据えた伊織は、淡々とした口調で続けて言った。

「して、こたびは何処《どこ》の誰を仕留めるのか」

田部《たべ》伊織、三十八歳。

辻謡曲《つじうたい》を生業《なりわい》とする、見るからに尾羽《おば》打ち枯らした風体《ふうてい》の素浪人は、家族さえ知らない裏の貌《かお》を持っていた。

三

「まずは、こいつを見ておくんなせぇ」

留蔵が取り出したのは、漉《す》き返《がえ》しの紙に盛られた銭だった。

大きな山がふたつ、小さな山がひとつ。

一瞥《いちべつ》した限りでは少なからぬようにも見えるが、いずれも四文銭《よんもんせん》ばかりとなれば大した額にはなるまい。

そんな伊織の考えを見抜いたように、留蔵が言った。

「いま勘定したところじゃ、〆《しめ》て一両《いちりょう》一分《いちぶ》になりやす」

「ふむ」

伊織の表情が、わずかに曇った。

渡世人《とせいにん》上がりの留蔵と組み、江戸市中の庶民より依頼を受けて人知れず悪党を闇《やみ》に葬る裏の稼業に手を染めてから四年になる伊織だが、これほど些少《さしょう》な額で殺しを頼まれたのは初めてのことだった。

「少ねぇのは承知しておりやす」

悪びれることなく、留蔵は言葉を続ける。

「俺《おれ》の取り分が一両、伊織さんには少なくとも二両は廻《まわ》せるだけ銭が貯《た》まらねぇ限り、事を起こすのは見合わせるってぇ取り決めでしたからねぇ……。でも、この件ばかりはどうしても、年の明ける前に片を付けてもらいてぇんで」

「されど……」

言いかけた伊織の背後で、かすかに空気が揺れた。

いつの間に入ってきたのか、弥十郎が二人の傍らに立っている。

「おやっさん」

「何でぇ、改まって」

「その銭、ゆうべも数え直していただろう？」

「お前、起きていたのか」

ぎょっとする留蔵を、弥十郎は静かに見返したのみである。

その様子を見守りながら、伊織は何も言わずにいた。

剣術に熟達した者は、たとえ眠りに落ちていても気を緩めることがない。

辻番所の書役《かきやく》として留蔵と寝食を共にする弥十郎ならば、この老爺が人知れず懊悩《おうのう》していたことに気付いていても、不思議ではあるまい。そう悟ったのだ。

弥十郎の精悍《せいかん》な造作《ぞうさく》には、何の気負いも無い。

留蔵が何を望み、何を為《な》したいのかを、まずは知りたいのだ。

思うところは、伊織も同じだった。

確かに、一両一分とは少なすぎる。いかに人として許し難い悪党が相手とはいえ、仮にも人殺しを請け負う以上、然《しか》るべき報酬を積んでもらわなくては話にならない。

しかし、信頼を預ける留蔵がただならぬ決意を固めているとなれば、理由《わけ》を聞かずして断るわけにもいくまい。これほど些少な額で話を持ち出してきたのには、然るべき理由があるはずだ。となれば、事情を聞いた上で決断を下すべきだった。

無言で裾を正し、伊織は留蔵を見た。

すかさず、弥十郎が隣に腰を下ろす。

「それじゃ、話に入りますぜ」

二人の視線を受け止め、留蔵は口を開いた。

「伊織さんには聞くまでもねぇことだが……」

と、留蔵は弥十郎に目を向けた。

「万歳《まんざい》を知っているかえ、弥の字」

「万歳？」

若者は、たちまち困った顔になった。

弥十郎は、かつて自分が何者だったのかを、まったく覚えていない。

三ヶ月前、この若者は夜風の吹きすさぶ深川《ふかがわ》・洲崎《すさき》の辻に倒れ伏していた。

深川の地は、縦横に運河が巡らされている。どうやら上流から流されてきて、自力で岸に這《は》い上がったところで、力尽きたらしい。行き倒れたまま死にかけていたところを伊織に助けられたとき、体の前面に刀傷を負っていた理由すら記憶してはいなかった。

疾《と》うに傷も癒《い》え、日々の営みには何の障《さわ》りもない。

記憶は、相変わらず戻らないままである。

それでも、かつて習い覚えたらしい剣の技量は、十年前に脱藩するまで東北《みちのく》の某藩にて剣術師範を務めていた伊織をも凌《しの》ぐ、達人の域に達している。

すでに三度、弥十郎は留蔵たちを救うために手練《てだれ》の剣を振るっている。

剣術の冴《さ》えにも劣らぬ能筆ぶりを辻番請負人組合に認められ、留蔵の同僚の書役として雇われるに至った弥十郎だが、自分自身の過去は未《いま》だに思い出せないままだった。ちなみに辻《つじ》風《かぜ》弥十郎という仮の名前は、留蔵と伊織が付けてくれたものである。

そんな若者が市井《しせい》の雑事を問われても、答えられるはずがないだろう。

だが、対する老爺の表情は真剣そのものだ。

「真実《ほんとう》に、知らねぇのかえ？」

「うーん……」

何であれ、弥十郎の失われた記憶を甦《よみがえ》らせるきっかけになると察したとき、留蔵はとことん食い下がるのが常だった。

「それじゃ、ちょいと聴いてみな」

おもむろに、老爺は節《ふし》を付けて歌い始めた。

「鶴は千年の名鳥なり、亀は万歳のョ御寿命《おじゆみよう》保《たも》つ。鶴にも勝《すぐ》れ亀にもます、今日この御家をば長者のしんと祝い栄《さか》えましｯまする〜」

お世辞にも上手とはいえない塩辛声を耳にしていても、弥十郎は笑わなかった。

「……」

精悍な横顔を、一筋の汗が伝って流れてゆく。

何処かで耳にしたことがあるのではないかと、懸命に記憶を手繰《たぐ》っているのだ。それは留蔵の誠意に応《こた》えようとする、若者の偽らざる本音の顕《あらわ》れだった。

押し黙っていた伊織が、おもむろに口を開く。

「千本あまりの柱をｯヨィおっ取立《とりた》て歓《よろこ》ばれたり、まことに目出度《めでと》う候《そうら》ひける」

幾分嗄《しわが》れてはいたが、張りのある美声だった。節回しも素人らしからぬ、真実《まこと》に見事なものである。

田部伊織は、辻謡曲を生業としている。

日がな一日路傍に座し、能《のう》の謡本《うたいほん》（台本）を吟奏《ぎんそう》する大道芸人となれば、歌うのが達者なのは当然だろう。留蔵が声を張り上げるのを止めて聞き惚《ほ》れたのも、玄人《くろうと》の為せる業《わざ》というものであった。

弥十郎の顔にも、いつしか安らぎの色が浮かんでいる。

単に、伊織の歌が上手だったからではない。

留蔵、そして伊織が口にしたのは、聞き入れば聞き入るほど人の心持ちを明るくさせてくれる、正月の祝言《しゅうげん》だったのだ。

失われた記憶の一部が甦ったのも、言祝《ことほ》ぎの詞《ことば》に秘められた力の為せる業であった。

「……代々栄える御家の繁昌《はんじょう》なお万歳楽《まんざいらく》までも、まことに目出度う候ひける」

伊織が歌い終えたとき、弥十郎は遠い目になっていた。

「思い出したよ……」

「本当かえ、弥の字？」

思わず躙《にじ》り寄ってきた留蔵の肩に、弥十郎はそっと触れる。

「何処のお屋敷に勤めていたときだったのかは覚えていないけど、二人組の芸人が廻ってきて、面白おかしく歌い踊ってたのを門前で見たことがある」

「成る程」

得心《とくしん》した様子で、伊織がつぶやく。

「やはり、おぬしはこの江戸にかつて居《い》たらしいな」

「え……」

驚いた口調で、弥十郎は問い返す。

「どうしてそんなことが分かるんだい、伊織さん？」

戸惑う弥十郎に、伊織は続けて言った。

「いま我々が歌ってみせたのは、三河《みかわ》万歳というのだ。市中の武家屋敷を廻っては新しい年を言祝ぐ、大道芸だよ」

「伊織さんのご同業か」

「うむ。しかし年に一度、正月だけしか拝めぬものでな。格好よく言えば、華《はな》のお江戸の風物詩というわけだ」

「それは、この江戸だけのものなのか？」

「一口に万歳と言ってもさまざまだが、江戸では三河国《みかわのくに》の万歳と決まっておる」

「……」

黙り込んだ弥十郎の耳に、伊織の落ち着いた声が聞こえてくる。

「大名家か直参《じきさん》の家かはともかく、おぬしは江戸の何処かの武家屋敷に仕《つか》える身であったに違いあるまいよ。陪臣《ばいしん》（大名の家臣）ならば、江戸詰《づめ》だったということも考えられるがな」

「そうだったのか……」

弥十郎の精悍な顔に、複雑な表情が浮かんでいた。

記憶を失う前の自分が主持侍《しゅうもちざむらい》として禄《ろく》を食《は》む立場であり、常人の域を超えた鍛錬の末に剣術を、それも実戦向けの殺人剣を会得《えとく》するに至ったらしいことは、すでに当人にも察しが付いていていた。

だが、過去の立場に戻りたいとは、まったく考えていない。

武家社会の軛《くびき》から逃れ出て、野《や》に生きる身となった今の暮らしを、弥十郎は心の底から楽しんでいるからだ。

もとより、留蔵も伊織も承知している。

記憶を取り戻させてやりたいと思う反面、過去の自分と訣別《けつべつ》したまま生きていくほうが弥十郎にとって幸せなのではないか――

三人は、しばし黙り込んだままでいた。

「俺のために、話が途中になっちまったな。ごめんよ」

沈黙を先に破ったのは、当の弥十郎だった。

「それでおやっさん、今度の頼みと三河万歳にはどういう拘《かか》わりがあるんだ」

「弥の字、お前……」

「伊織さんがやるってんなら、俺に異存はないよ」

気負いのない答えだった。

無言で頷《うなず》いた留蔵は、そっと伊織へ視線を転じる。

「詳しい話を聞かせてくれぬか、おやっさん」

伊織の腹もまた、どうやら決まったようであった。

四

「最初の頼みは、三年前の暮れだったよ」

留蔵は、しんみりとした口調で語り始めた。

「万歳の才蔵《さいぞう》さんたちが江戸入りするのは毎年、ちょうど今頃のことでな」

「さいぞうって何だい」

弥十郎の無心な問いかけに、伊織がすかさず答える。

「言祝ぎの合間に面白おかしく踊ってみせ、見物の者に戯《ざ》れかかる役のことだ。おぬしも目にしたことがあるのではないかな」

「そういえば、奥女中たちがきゃあきゃあ騒ぎながら笑っていたっけ……」

もうひとつ、過去に見た光景を思い出したらしく、弥十郎はふっと微笑んだ。

江戸で「万歳」といえば、三河万歳と相場が決まっている。

毎年末、三河国から江戸へ出てくる万歳師は太夫《たゆう》と称し、才蔵と呼ばれる道化役の者と二人一組で、武家屋敷を廻る。

留蔵と伊織が再現してみせたような祝言を口にするのは太夫の役目で、相棒の才蔵は場を盛り上げるためにおどけてみせ、こっけいな仕草で笑いを誘う。

そうやって延命長寿と家門繁栄を言祝ぎ、歌い踊っては祝儀を貰《もら》い歩くのだ。

田部伊織のような士分《しぶん》の者が営む辻謡曲などを例外として、江戸在府の大道芸人は乞胸仁太夫《ごうむねにだゆう》と名乗る斯界《しかい》の顔役が束ねていた。しかし、年末に入府して正月明けに引き揚げていく三河の万歳師たちばかりは、まったく束縛することができない。

三河国の幡豆郡《はずごおり》西尾《にしお》と碧海郡《へきうみごおり》別所《べっしょ》で発祥した郷土芸能でありながら、三河万歳は土御門家《つちみかど》の認可を受けた伝統芸能として天和《てんな》三年（一六八三）以来、格別に保護されていたからであった。太夫が折烏帽子《おりえぼし》に素襖《すおう》という公家《くげ》の装いをするのも、古来より陰陽道《おんみょうどう》の総帥《そうすい》として知られる、京の名家のお墨付きを得ているがために他《ほか》ならない。

太夫たちは三河国にそれぞれ居を構え、芸の研鑽《けんさん》と後進の指導に励んでいる。東海道を旅して江戸まで足を運ぶのは年末だけのことで、その旅程は毎年十二月二十八日に日本橋南《にほんばしみなみ》詰《づめ》の大路《おおじ》で開かれる、才蔵市《いち》に合わせて組まれていた。

才蔵市とは、一種の人市《ひといち》である。

人を雇いたい者と雇われたい者が合流するための場を指して、人市という。

もともとは太夫と才蔵が個別に語らい、芸の巧拙《こうせつ》を見定めて報酬を取り決めるための場にすぎなかった。

それが留蔵曰《いわ》く、三年前から市を仕切る元締が現れて、太夫と才蔵の双方から法外な口銭《こうせん》を取るようになったという。

その元締が、こたびの殺しの標的だった。

太夫の言祝ぎに欠かせない相棒ながら、才蔵は三河在住の者ではなかった。正月にだけ江戸表《おもて》まで足を運んでくる、出稼ぎの男たちだ。

むろん、素人にできる仕事ではない。

才蔵を務める者の条件は「愚かに見えて痴鈍《ちどん》ならず、好色に見えて好色ならず、武骨中《ぶこっちゅう》に愛嬌《あいきょう》を含み、飽《あ》くまで質朴《しつぼく》なるをよしとす」とされている。

武家屋敷に奉公する女中たちが正月といえば必ず才蔵に戯れかかられ、立腹しながらも笑って見物し、次の年の来訪を楽しみに待つことができるのも、彼らの振舞いが玄人の芸そのものだったからなのだ。

「みんな気のいい連中でなぁ……。この門前を通るときにゃ、必ず俺んとこへ顔を出して鰯《いわし》の干物なんぞを差し入れてくれるんだよ」

懐かしさを込めて、留蔵はつぶやく。

ここ根津界隈には、武家屋敷が多い。

水戸徳川《みととくがわ》家に前田《まえだ》家と名だたる大大名《だい》の上《かみ》屋敷のみならず、旗本《はたもと》・御家人《ごけにん》の組屋敷まで集中しているとなれば、三河万歳の太夫と才蔵にとっては格好の旦那場《だんなば》（興行地）ということになる。

かねてより、留蔵は才蔵たちと顔見知りだったのだ。

「じゃ、頼み人は」

弥十郎の問いかけに、留蔵は頷く。

「上総《かずさ》に下総《しもうさ》、安房《あわ》から才蔵市を目当てに集まってくる男衆《おとこし》さ」

弥十郎にそう告げると、留蔵は伊織を見た。

「連中がこの辻番所に置いてってくれたのは、差し入れの菜《さい》だけじゃねぇんですよ。正月明けに郷里《くに》へ引き揚げるときには稼ぎのうちから十文二十文って細《こま》けえ銭を、そっと俺に握らせていくんでさ。言うに言われねえ恨みごとを、聞いてもらったお礼にってね」

「……それは一昨年《おととし》からのことなのか、おやっさん」

伊織の問いかけに、留蔵は溜《た》め息まじりに答えた。

「才蔵市の元締ってぇのが非道《ひど》い野郎で、才蔵さんたちがお役目を勤め上げなけりゃ郷里に帰れねえのを承知の上で、べらぼうな口銭を巻き上げるそうなんで」

「恨まずにいられぬほど、上前《うわまえ》を刎《は》ねられるのか？」

「上前って言うには、度外《どはず》れていまさぁ」

留蔵は、また溜め息をつかずにいられない。

「五分五分だったらまだ堪《こら》えようもあるでしょうが……古参のもんでも七分三分、新参者は八分二分ってんですから、惨《むご》すぎまさ」

「……」

「ご同業なら、お前さんもどこか感じていなすったはずだ。おととしから、才蔵さんたちの戯《おど》けっぷりがどうにも冴《さ》えなくなっちまったってことをさ」

伊織は言葉を失っていた。

立場こそ違えど、この男もまた、大道で芸を売ることを生業とする身である。禄を離れた浪人とはいえ士分であるために優遇され、江戸市中の大道芸人を束ねる顔役の乞胸仁太夫に一文の口銭も納めることなく、額に汗して稼業に励めば励んだぶんだけの日銭《ひぜに》が、自ずと懐に入ってくる。

なればこそ日がな一日、往来に座して声を嗄《か》らしながら謡曲を吟じることも、決して苦にはならないのだ。

ところが、出稼ぎの才蔵たちはといえば太夫の供をして諸方の武家屋敷を廻り、精一杯おどけて道化役を演じても、稼いだ金の三割ないしは二割しか得られないという。

なにがしかの搾取《さくしゅ》が行われるのは、何時《いっ》の時代も変わらない。

しかし、下の者が働く意欲を損《そこ》ねずにいられないほど富を収奪する者に、人の上に立つ資格などが与えられるべきではあるまい。

才蔵市を仕切る元締の所業《しょぎょう》は、まさに非道に過ぎた。

「……左様であったか」

それ以上、伊織は何も言わなかった。

黙ったまま、留蔵の次の言葉を待つのだった。

留蔵と伊織は、市井の民が辻番所を訪ねてきてはそっと託していく恨みを晴らすため、人知れず悪を闇に葬る。

といっても、最初から名指しで人殺しを請け負うわけではない。

留蔵が預かる辻番所には、さまざまな人々が訪れる。

不案内で道を尋《たず》ねに来る者がいれば、往来で難儀をしているのをたまたま目にした伊織や弥十郎が連れてきて、ひと休みさせたり介抱するということも多々あった。

そんなときに苦しい胸の内を問わず語りで明かし、自分を非道い目に遭わせた相手の名まで口にせずにはいられなかった老若男女が、話を聞いてもらったお礼にと置いていく銭を留蔵はこまめに貯《た》めておく。

一人か二人が同じ相手を名指ししての恨みならば、敢《あ》えて拘《かか》わりはしない。

恨みを買われた者が必ずしも悪人とは限らないし、逆恨みや思いこみを真に受けて赤の他人に肩入れするほど、留蔵たちは愚かではなかった。

むろん、託された銭をそのまま懐に納めてしまうわけではない。

社殿の賽銭箱《さいせんばこ》に投じて柏手《かしわで》を打ち、縁あって言葉を交わした者の苦痛がたとえ少しでも軽くなってくれることを、代わって祈るまでのことだった。

とはいえ、塵《ちり》も積もれば山となる。

同じ相手が繰り返して名指しされ、恨み言と共に持ち寄られた小銭が二両、三両とまとまった額に達したとき、留蔵は初めて決断を下す。

伊織が動き出すのは、それからのことだった。

貯まった金の重みが、恨みの重み。

断じて、同情だけで動いてはならない。

かかる不文律《ふぶんりつ》の下に、留蔵一党は悪人退治を実行していた。

そこにこの秋から加わってきたのが、弥十郎である。

命の恩人の留蔵と伊織が裏の稼業を営んでいると知っても、この若者は二人と接する態度を変えようとはしなかった。のみならず、二人だけでは手に余る強敵を向こうに回しての戦いに三たび手を貸し、記憶を失っても五体に刷《す》り込まれた凄絶な剣技を振るっている。それは助けられた恩義に武士として応えるためではなく、目の当たりにした外道《げどう》たちに対する無垢な怒り故の行動だった。

「おやっさん、俺はやるぜ」

「……弥の字」

「そんな奴らを、放っておけるか」

揺るぎない口調でつぶやく弥十郎に、留蔵は熱いまなざしを向ける。

二人の想いを察したかのように、我知らず、伊織は口を開いていた。

「……おやっさん」

「どうしなすった？」

ただならぬ表情で、伊織は留蔵に問うた。

「何故《なにゆえ》、もっと早《はよ》う話を持ち出してくれなかったのだ」

金額を示されたときの逡巡《しゅんじゅん》は、何処にも見られない。伊織は、この依頼をもはや他人《ひと》事《ごと》とは考えられなくなっていたのだ。

その心境を知ってか知らずか、留蔵は淡々とつぶやく。

「なにしろ、一人あたり何十文がところですからねぇ。最初の年には二分、二年目で三分と一朱《しゅ》。ようやっと一両を越えたのが、今年の正月だったんでさ。これっぱかしの稼ぎにしかならねぇんじゃ、とうていお前さんは動いちゃくれますまい……」

「………」

伊織は、じっと留蔵を見返さずにはいられなかった。

「おっと、勘違いしねぇでおくんなさいよ」

留蔵は、そっと言い添えた。

「どんな悪党が相手だって、人様の命を的《まと》にするのに変わりはねえ。見合うだけのもんをお渡しできない限り、頼めるこっちゃありますまい。俺が手前《てめえ》自身に待ったをかけていたのは、そういうことでさ。でも、もういけねぇや」

留蔵の黒目がちの双眸に、険しい色が浮かぶ。

「恨みの銭が貯まるまで待ったをかけりゃ、それだけ才蔵さんたちは外道どもに泣きを見させられる。とても、これから先は齢を重ねられねえんですよ」

掟《おきて》を作った当人の留蔵が斯様《かよう》な言《げん》を口にするなど、かってないことだった。

弥十郎が仲間に加わってきたからこそ、自ら作った掟を敢えて破ろうと思い至ったのだ。

そして伊織が掟破りの依頼に首肯《しゅこう》したのも、同じ武士の出でありながら無垢に怒り、行動することをためらわない弥十郎の熱さに感じ入ればこそであった。

「三年越しの恨みがこもった銭、納めてもらいやしょうか」

「………」

石の上にも三年と言うが、いざ耐える身になってみれば容易なことではあるまい。

もはや、金額の多寡《たか》は問題ではなかった。

二人は、同時に手を伸ばす。

小山に盛られた銭は、男たちの懐に納められた。

「才蔵市が開かれる前《めえ》に、決着《けり》を付けてもらうぜ」

念を押す留蔵に、弥十郎と伊織はそれぞれ頷くのだった。

## 五

陽は、西に傾きつつある。

新年の言祝ぎを控えて、日本橋の旅籠《はたご》に三河万歳の太夫が集まってきていた。

四十絡みの太夫が上《あ》がり框《がまち》に腰を据え、濯《すす》ぎを使っている。

身の丈は、五尺三寸（約一五九センチメートル）ばかり。

公家ふうの折烏帽子を被《かぶ》り、色白の細面《ほそおもて》には八の字髭《ひげ》をひょろりと生やしている。見るからに雅《みやび》な雰囲気を漂わせる顔立ちだった。

遅れて到着した旅姿の一団が、暖簾《のれん》を割って入ってきた。

「お早いお着きですねぇ、鶴丸《つるまる》さん」

「毎年のことだからな。決まった日取りで三河を発《た》てば、江戸入りの刻限も自ずと変わりはせぬ」

年若い仲間が感心した声をかけてくるのに、鶴丸と呼ばれた男はぼそりと答えた。

今は烏帽子を除いて町人ふうの身なりをしている太夫たちだが、江戸市中を言祝いで廻るときには麻製の素襖を着けて、左腰には大小の二刀を帯びる。

装束一式は背負った風呂敷包みに納められているが、刀は常に差して歩くことになる。

旅の埃《ほこり》にまみれた足を盥《たらい》で濯ぐ鶴丸太夫の右脇にも、下ろした包みと共に、朱色の塗《ぬり》鞘《ざや》の一振りが横たえられていた。

士分ならぬ身でありながら苗字《みようじ》帯刀《たいとう》まで許されているのみならず、関所を通過するときに道中手形を提示する義務さえ、三河国出身の太夫は免除された。

土御門家のみならず幕府からも手厚い庇護《ひご》を受けた理由は、室町《むろまち》の世に万歳が生まれた三河国は、徳川《とくがわ》将軍家の発祥の地でもあったからだ。

三河万歳の祖・玄海《げんかい》は熱田薬師寺《あつたやくしじ》の座主《ざす》だったが、応仁《おうにん》の乱で戦火に見舞われた熱田の地から三河へ逃れ、合戦が打ち続く中で疲弊した人心《じんしん》を慰めるべく万歳の舞を広めた。

徳川家康《いえやす》の祖父に当たる松平清康《まつだいらきよやす》らの三河武士は、玄海が育てた万歳師たちに兵の無事を祈る矢除《やよ》けの祈禱《きとう》を行わせるようになり、やがて家康を総領《そうりよう》とする松平一族が勢力圏を拡大していくにつれて三河から遠江《とおとうみ》、駿河《するが》へ広まった。

そして慶長《けいちよう》八年（一六〇三）の江戸開府に伴って関東十七カ国での巡回権を獲得。天和三年（一六八三）以降は土御門家の支配下の陰陽師職となり、東国《とうごく》を代表する伝統芸能としての地位が確立されたのである。

これほど優遇されていたとなれば、年に一度だけ訪れる徳川将軍家のお膝元、江戸の地でも何の障《さわ》りもなく、存分に稼げるのではないか。そう思われるだろう。

しかし、肝心の相棒である才蔵を調達できなくてはどうにもならない。

万歳の舞も祝言も、太夫が単独で行ったのでは、さほど耳目《じもく》を惹《ひ》くには至らない。道化役として付き従い、滑稽《こっけい》なしぐさで合いの手を入れながら、見物人の注目を集めてくれる才蔵の存在なくしては成り立たないのだ。

三河万歳の太夫は専属の才蔵を召し抱えているわけではなく、巡回する土地土地で臨時に雇うのが常だった。

江戸での正月興行の場合、唯一の頼りは才蔵市だ。

今日は、まだ十二月二十六日である。

新年を迎えるまで五日も猶予があるというのに、太夫たちが早々と江戸に到着した理由は他でもない、明後日に日本橋南詰で市が立つのを見越してのことだった。

二十八日の朝から催される才蔵市の時間に間に合わなければ、太夫は才蔵を雇うことができない。

すべては、市を仕切る顔役の胸三寸なのであった。

「今年の才蔵さんは、どんな顔ぶれでしょうねぇ」

並んで濯ぎを使いながら、若い太夫が鶴丸に問うてくる。

「……」

鶴丸は、何も答えない。

もとより、無口な質《たち》であるらしい。

返事が無いのを気にも留めず、若い太夫は何げない様子でつぶやく。

「こうして江戸の土を踏んだからには、もう安心でしょう」

問わず語りで、若い太夫は言葉を続けた。

「明後日《あさって》の才蔵市では、あたしも鶴丸さんを見習って、できるだけ若くて生きのいい男《の》を選ばせてもらいますよ。昨年は権造《ごんぞう》親分に払った口銭が少なかったようで、どうにも覇気《はき》のない爺《じい》さんを相方《あいかた》に廻されちまいましたからねぇ……。今年はひとつ、元手《もとで》を思い切り張り込んでみましょうかね」

独り合点《ひとりがてん》した若い太夫は、そそくさと足を拭《ふ》いて立ち上がった。

同時に到着した者たちも濯ぎを使い終えたらしく、旅装をまとめて、割り当ての部屋へと歓談しながら向かっていく。

長旅を終えた安堵感に浸《ひた》る一同を、鶴丸は黙ったまま見送る。

その双眸には、言い知れぬ不安の色が浮かんでいた。

古から万歳の伝統芸を受け継ぐ太夫たちは一様《いちよう》に稽古《けいこ》熱心で真摯《しんし》な人々だったが、悪く言えば世間を知らず、おっとりしすぎている。

芸事《げいごと》以外には何も知らない無知に付け込めば、才蔵の斡旋《あっせん》にかこつけて暴利をむさぼるのは容易なことだ。

三河万歳の江戸興行を年に一度の稼ぎどきと見定めて、親切顔で才蔵市を仕切る元締は実に厄介な手合いであった。

六

同じ日本橋界隈でも、才蔵が投宿するのは馬喰町《ばくろちょう》のみすぼらしい木賃宿《きちんやど》である。

仕切りも何もない、だだっ広いばかりの板の間に、ぼろを着た出稼ぎの男たちが両膝を揃え、詰め合うようにして座っていた。

「今年も、しっかり稼いでもらうぜえ」

平伏する才蔵たちを前にして宣言したのは、恰幅《かっぷく》の良い初老の男だった。

角張った顔には、修羅場《しゅらば》を潜ってきた者に特有の凄《すご》みが漂っている。

権造《ごんぞう》、五十八歳。

表の顔は銚子《ちょうし》の網元《あみもと》であるが、裏では博徒《ばくと》の一家を構える強面の親分だ。下《くだ》り鰯《いわし》の季節が過ぎて漁が閑になる冬場の副業として、権造は地元から江戸への出稼ぎを望む者の差配《さはい》を請け負っていた。

諸方に渡りを付け、才蔵市を仕切るようになったのは三年前からのことだった。少なからぬ賄賂《わいろ》を遣い、市の立つ日本橋の南詰界隈の顔役はもちろん、江戸市中の大道芸人の商いを監督する寺社奉《じしゃぶ》行《ぎょう》を承知させてまで、年に一度だけ催される市の利権を独占した理由は他でもない、格好の儲《もう》け口だからだ。

江戸の風物詩として欠かせない三河万歳が、地元の房総《ぼうそう》一円から才蔵になるために志願して来る農民や漁師を抜きには成り立たないことに、権造は目を付けたのである。

太夫と才蔵が二人一組で廻るのは、江戸市中の武家屋敷ばかりだ。いかに景気が芳《かんば》しくない昨今とはいえ、正月の祝い事ともなれば実入りは多い。太夫に付き従う才蔵は毎年、担いだ袋の底が抜けそうになるまで祝儀の金品を集めてくるのが常だった。

これまでの才蔵市では、芸の巧拙を太夫が直《じか》に見定めた上で、個別に報酬を取り決めていた。それでは手間がかかるでしょうと理由をつけ、あらかじめ才蔵を志願する地元の者たちの年齢から芸歴までを事細かに取りまとめて、市に集まった太夫たちに望ましい才蔵を斡旋する役目を買って出たのが、権造だったのだ。

いちいち目利《めき》きをする必要がなくなり、口銭さえ払って任せておけば安心と世間知らずの太夫たちは喜んだが、とんでもない話だった。

権造の懐を肥やすために、才蔵市は体《てい》よく利用されていたのである。

広い房総半島とはいえ、華のお江戸で万歳の道化役として通用する技量と経験を備えた者の頭数は、自ずと限られている。

そこに目を付けた権造は子分衆を動員して、銚子のみならず、房総一円の才蔵の身元をすべて押さえた。その上で一人ずつ訪ね歩き、江戸で才蔵の仕事にありつきたければ今後は自分を通せと脅しをかけたのだ。

冬場の閑な時期には出稼ぎをしなくてはならない、才蔵の弱い立場に付け込んでの無法が公然と罷《まか》り通ったのは、幕府と土御門家より手厚い庇護を受けている三河万歳に迂闊《うかつ》に手を出そうと試みる者など、これまで誰もいなかったからである。

しかし、怖いもの知らずの権造がひとたび乗り出してみれば、世間知らずの太夫を謀《たばか》るのは驚くほどあっけなく、その太夫とも年に一度の市でしか繋《つな》がりを持たない才蔵を恫喝《どうかつ》して言うことを聞かせるのも、実に容易《たやす》いことだった。

商売の種は、何処にでも転がっている。

要は、先に手を着けるかどうかの頃合いである。

才蔵市が美味《おい》しい儲けになると江戸の顔役たちが気付いたときにはもう、権造はぬかりなく手を打っていた。

まずは寺社奉行に取り入り、賄賂を贈ってお墨付きをもらった上で仁義を通してきたとなれば、何処の盛り場の香具師《やし》の元締も権造の邪魔をすることはできなかったのだ。

「いいか、お前ら」

平伏《へいふく》した一同に、権造は野太《のぶと》い声で告げる。

「命が惜しかったら、良くねぇ料簡《りようけん》を起こすんじゃねえぞぉ」

もとより、言い返す者は誰もいない。

才蔵たちを睥睨《へいげい》する権造の傍らには、代貸《だいがし》の房吉《ふさきち》と用心棒の原甚内《はらじんない》が控えている。

銚子から伴った配下はこの二人だけだが、博奕《ばくち》の才覚も腕っぷしも子分衆の中で抜きん出ている房吉と、松戸《まつど》の浅利《あさり》道場で一刀流《いつとうりゆう》の名手と評判を取った甚内さえ付いていれば鬼に金棒というものだ。

日本橋界隈の顔役にも寺社奉行にも、すでに挨拶《あいさつ》は遺漏《いろう》なく済ませてある。

後は心置きなく、新たな年の実入りを待つばかりであった。

# 七

根津権現の門前町に、夜の帳《とばり》が降りた頃。

辻番所の畳の間では、留蔵と弥十郎が夕餉《ゆうげ》の膳に向かっていた。

腰高障子は、開け放ったままである。

表を行き交う常連の遊客《ゆうきゃく》たちは慣れたもので、うまそうな匂《にお》いが往来まで漂い出てきていても、気に止めもしない。

鼻をひくひくさせてしまう者もいないではないが、馴染みの敵娼《あいかた》の白粉の匂いをすぐに思い出し、顔を引き締めて紅灯《こうとう》の瞬《またた》くほうへと消えていく。

本来、辻番所での煮炊《にた》きは禁じられている。

とはいえ、ほんの雀《すずめ》の涙ほどの給金しか与えられていない辻番が、朝昼晩とすべて外食で済ませようとすれば、たちまち顎《あご》が干上《ひあ》がってしまう。

竈《かまど》が設けられていない番所で暮らしながら番人たちが個々に工夫を凝らし、日々の食事を賄《まかな》うことは大目に見られたのだった。

根津権現前の辻番所を預かる留蔵は、殊《こと》の外《ほか》に料理上手なことで知られていた。

火鉢に掛けた鉄鍋《てつなべ》の中で、石焼豆腐《いしやきどうふ》がじゅうじゅうと音を立てている。縦半分にした木綿豆腐を三分（約九ミリ）厚に切り分け、鉄鍋に熱した胡麻油《ごまあぶら》で焼いた端《はし》から、おろし大根と醤油《しょうゆ》を搦《から》めて口に運ぶ。

ただそれだけの料理なのだが、豆腐の旨《うま》みが直に口中に染み渡るようで、何ともこたえられない。

「明日《あした》から忙しくなるんだ、たっぷり喰《く》っておきねぇ」

黙々と箸《はし》を動かす弥十郎に語りかけながら、留蔵は貧乏徳利を傾ける。

茶碗の片白《かたはく》（濁り酒）は、すでに三杯目を数えていた。

ふだんよりやや度を超してはいたが、空《から》っ酒《ざけ》ではなく、焼き豆腐を小鉢に取っては美味そうに口へ運んでいるので、弥十郎も安心して夕飯に集中していた。

豆腐は飯の菜としてはもちろん、酒にも合う。

弥十郎は豆腐と油揚げ、さらには納豆が大の好物である。

若者だけに精の付く青魚《あおざかな》や獣肉《ももんじい》の類も嫌いではないらしいが、金のかからない献立でも十分に満足してくれるあたり、留蔵にとっては有難い同居人と言えよう。

去る十月に弥十郎を引き取って以来、こうして三度の食事を共に摂《と》ることができるようになったのが、寄《よ》る辺《べ》ない身には何よりも嬉しくて堪《たま》らないことだった。

「飯のお代わりはしねぇのかい？」

「うん」

弥十郎は、ちょうど二杯目を食べ終えたところだった。

大振りの茶碗とはいえ、二十代半ばにしては小食である。武士の子らしく、腹八分目という習慣が自《おの》ずと身に付いているらしかった。

鍋の中の豆腐は、ふた切れだけ余してあった。

留蔵が酒の肴《さかな》にするぶんを見越して、箸を伸ばさずにいたらしい。

「それじゃ、俺もおつもりとしようかね」

息子とも思う若者のさりげない気遣いを噛《か》み締めながら、留蔵は小鉢に取った石焼豆腐を味わう。

鉄箸《かなばし》を手にした弥十郎は、灰を飛ばさないようにしながら炭火を落とす。

下ろした鍋の代わりに鉄瓶《てつびん》を五徳《ごとく》に据え、湯を沸かす手付きにも危なげはない。

留蔵が残りの酒と豆腐を平らげたときにはもう、ほかほかと湯気の立つ湯呑みが目の前に置かれていた。

「すまねぇな」

程よく温《ぬく》められた湯で淹《い》れた番茶は舌を焼くこともなく、油で焼いた豆腐を堪能した後の口中を心地よく洗ってくれる。

実の息子でも、これほど行き届いてはいるまい。

湯呑みを握りながら、留蔵はしみじみと思う。

（一体、どこのご家中だったんだろうなぁ）

弥十郎の素性を示す手証《てしょう》は、何ひとつ無かった。

半死半生でいるところを伊織に助けられたとき、身に着けていたのは武士が旅に用いる打裂羽織《ぶっさきばおり》と野袴《のばかま》、それに無紋の長着《ながぎ》だけであった。

大小の刀はむろんのこと、印籠《いんろう》や矢立《やたて》さえ携帯してはいなかった。

所持品を何ひとつ残さず、敢えて身元を隠そうとしていたかの如《ごと》きであっても、きちんと月代《さかやき》を剃《そ》った髷の形を見れば、一目で主持ちの侍と分かる。それに、道場剣術の玄人《くろうと》である伊織が瞠目《どうもく》するほど刀の扱いに熟達しているとなれば、生粋《きっすい》の武士であることに疑いの余地は無い。

この若者は、果たして何者なのか——

疑念の尽きない留蔵であるが、真実を知りたいとは思わなかった。

すべての記憶を取り戻せば、弥十郎は自分の許《もと》から離れていくことになるであろう。

そうするのが一番良いと分かっていても、今や離れがたい想いのほうが勝っていた。

「早いとこ寝ちまおうぜ、おやっさん」

弥十郎が、すっと腰を上げた。

空になった什器《じゅうき》と鉄鍋を重ねて持ち、土間に下りる。

隣の長屋の井戸端を借りて、手早く洗ってくるつもりなのだ。

武家の子弟としての心持ちのままで日々を過ごしているならば、いかに命の恩人のためであっても、このような振舞いをするはずもないだろう。

しかし、弥十郎は辻番小屋に住み込むようになって以来、当たり前のように日々の家事を手伝うことを習慣としていた。

身寄りのない留蔵にとっては、まさに無二《むに》の孝行息子だった。

「このままでいてくんな、弥の字……」

屋内に残った若者の空気を感じながら、留蔵はそうつぶやかずにはいられなかった。

## 八

田部伊織の住まいは、門前町の外れに位置する裏店《うらだな》だ。

九尺二間の裏長屋には、土間を除けば四畳半の畳の間しか設けられていない。

狭い部屋で箱膳《はこぜん》を向き合わせ、田部父娘は黙然《もくねん》と箸を動かしていた。

島田髷《しまだ》も初々しい娘が、杓文字《しゃもじ》を片手に呼びかけた。

「父様《とうさま》、お代わりを」

「うむ」

すっと差し出す茶碗を、娘は微笑みながら受け取る。

涼しい目元は、蠟燭《ろうそく》を点《とも》しただけの暗い屋内でも十分に可愛《かわい》らしく見える。

可憐ながらも目鼻立ちがきりっと凜々《りり》しいのは父譲り、柔和な顔の輪郭は亡き母・島代《しまよ》譲りのものだった。

美代《みよ》、十四歳。

伊織の一人娘である。

故《ゆえ》あって脱藩した父に連れられて諸国を流れ歩き、この根津に居を構えたのは四年前のことである。

以来、辻謡曲を生業とする伊織を支えて、健気《けなげ》に主婦代わりを務めている。

田部家の献立も、今夜は豆腐だった。

昆布《こんぶ》を敷いた土鍋《どなべ》の中では、湯豆腐がふわふわと煮えている。

一滴も酒をたしなまない伊織だが、冬場と梅雨《つゆ》の冷え込む時期に供される湯豆腐は、何にも増して好物だった。

諸白《もろはく》（清酒）の肴にするのが一番なのだろうが、よく出汁《だし》の染みたところを茶碗の飯に混ぜ込んで醤油を垂らし、しゃぶしゃぶと搔《か》っこむのがまた、堪《こた》えられない。

養父母からは武士の子らしからぬ振舞いだと厳しく戒《いまし》められてきたが、この習慣ばかりは幼い頃から、一貫して変わっていなかった。

「そうして豆腐ご飯を召し上がっているときの父上は、本当に幸せそうですね」

「左様か？」

「まるで、こどもみたい」

美代が、くすっと笑った。

「三つ子の魂百までと言うが……こればかりは老いるまで変わるまいよ」

苦笑を返しながらも、伊織は嬉しげだった。

この幸せを守り抜くためならば、命を張ることも辞するまい。

かかる決意を常に胸の内に秘めていればこそ、一碗の豆腐飯にも安らぎを覚えることができるのだろう。

伊織はふと、そんなことを思うのであった。

# 九

翌朝。

七つ半（午前五時）に起き出した弥十郎は、手綱柄の着流し姿のままで表に出た。

まずは箒《ほうき》を取り、番所の前を掃き浄《きよ》める。

疾《と》うに魚河岸もやっちゃ場（野菜市）も開いている時刻だが、水商売の店々が建ち並ぶ門前町の住人たちは、未《いま》だ眠りの中だった。

遊客が残していった反吐《へど》と立ち小便の跡にそっと砂をかけ、朝の掃除を仕上げた弥十郎は空を見上げる。

もうすぐ、夜が明ける頃合いだった。

まだ、留蔵はぐっすりと眠り込んでいる。

腰高障子を開け放っておくのがきまりの辻番所だが、冷え込みの厳しい冬場となれば大目にも見てもらえる。

まして弥十郎が詰めるようになってからは、往来でよからぬことが起これば即座に飛び出してきて不心得者を捕らえてくれると、辻番請負人組合も承知してくれていた。

暖かい屋内で夜着《よぎ》にくるまり、深い眠りに就いている留蔵を起こさないように、弥十郎はそっと箒と塵取りを片付けた。

続いて、裏の空き地に足を向ける。

誰もいない空き地に立った弥十郎は、大きく伸びをした。

昇る朝日が、若者の精悍な貌《かお》を照らしている。

「…………」

全身の筋をほぐした弥十郎は、右足を前にして立つ。

藁草履《わらぞうり》は脱いでいた。

巨体を支える両足は大きい。十一文《もん》半（二十七・六センチメートル）の足裏に合わせて編んでもらった草履を、弥十郎は大切に遣っていた。

素足になった弥十郎は右の膝《ひざ》をわずかに緩め、左の足を思い切り伸ばした姿勢を取って背筋を伸ばす。

上体が、そして左の脛《すね》が心地よく伸びていく感覚が、まだ眠気の残っていた頭をきれいに覚ましてくれた。

背筋は無理に反《そ》らせず、ごく自然に伸ばしている。

ために重心は縦一線に、きれいに臍《へそ》の下へと落ちていた。

朝日に目を細めながら、弥十郎は胸前で合掌した。

両手を合わせたかと思った刹那《せつな》、すっと右手が前に出る。

肩の高さで、横一文字《よこいちもんじ》に手刀《しゅとう》を打ったのだ。

左手はと見れば、帯に添って左の後ろ腰へと絞り込まれていた。

腰は、正面に向けたまま動かさない。

抜刀するときと、まったく同じ体《たい》さばきであった。

刀を持ち出さなくても、剣術の鍛錬は何処ででも取り組むことが可能である。

黙々と、弥十郎は独り稽古を繰り返す。

それは、何者から教えられたのか思い出せないまでも、五体の内に確実に刷り込まれた剣を取る身の基礎だった。

十

朝稽古を終える六つ（午前六時）には、隣接する裏店の木戸が開く。

待ちかねて井戸端を借りた弥十郎は顔を洗い、諸肌《もろはだ》を脱いで上体の汗をぬぐう。

体の前面には、未だ刀傷が生々しい。

余程の手練に斬られたのだろう。

左肩口から右脇腹にかけて鋭利な傷を与えた主《ぬし》は、もう五分（約一・五センチメートル）も弥十郎の見切りが甘ければ、確実に生命を奪うことに成功していたはずであった。

何者と刃《やいば》を交えた末に斯様な目に遭ったのか、当の弥十郎はまるで覚えていない。

今はもう、痛みも何も残ってはいない。もはや、思い出したくはない過去であった。

絞った手ぬぐいで汗をきれいに拭き取り、さっぱりした様子で弥十郎は踵《きびす》を返す。

「お兄ちゃん、おはよう！」

目を覚ました長屋のこどもたちが、どぶ板を踏み鳴らして路地《ろじ》を駆け抜けていく。

腕白《わんぱく》どもを見送りながら、弥十郎はふっと微笑まずにいられない。

堅苦しい武家暮らしでは縁の無い日々の営みに、若者の心は確実に癒《いや》されていた。

いつの間に起き出したのか、すでに留蔵は朝餉《あさげ》の支度を調《ととの》えて待っていた。

例によって近所でも早起きの煮売屋《にうりや》から炊き出してもらってきたらしく、おひつ一杯の飯が箱膳の脇に置かれている。

膳の小鉢には、弥十郎の大好物の納豆が取り分けてあった。稽古で汗を流している間に振り売りの行商人から一藁《ひとわら》、贖《あがな》ってくれたらしい。

「たっぷりあるぜ。安心して喰いねぇ」

長い足を組み、あぐらをかいたとたんに弥十郎はにやっと相好を崩す。

大振りの茶碗に湯気の立つ飯がたっぷりと盛られ、火鉢で煮立てた豆腐の味噌汁が塗椀《ぬりわん》に注《つ》がれていた。

さいの目に切った豆腐は、昨夜のうちに朝餉用として、よけておいたぶんである。

熱々の飯と汁に納豆が加われば、一日の活力を養うには申し分あるまい。

箱膳に向かった弥十郎は、いつものように塩壺《しおつぼ》を引き寄せた。

ひとつまみの粗塩《あらじお》を、納豆にぱらぱらとふりかける。

留蔵は、つくづく不思議そうにつぶやく。

「毎度《まいたび》のこったが……お前は、妙な喰い方をするもんだなぁ」

江戸の庶民の例に漏れず、留蔵は辛子《からし》を入れて箸先で掻き回し、醤油をひと垂らししただけで食するのが常だった。

一方の弥十郎は、納豆を飯の菜にするときには塩のみを用いる。

たまたま青のりが手に入った場合は混ぜ込むこともあったが、醤油を落とすのは焼いた餅《もち》にくるんで食べるときに限られていた。

納豆の本場である水戸《みと》の地においては、ごく当たり前の食習慣なのだが、上州《じょうしゅう》生まれで四十年来の江戸暮らしを続けている留蔵には、まったく縁の無いことだった。

留蔵が不思議そうに見守る中、弥十郎は器用に箸を捌《さば》いていく。

掻き混ぜた納豆を飯にかける横顔は、至福の笑みに満ちていた。


朝餉の片付けを終えた弥十郎は、手早く身支度を整えた。

支度といっても角帯を袴下結《はかましたむす》びにきちんと締め直し、美代に仕立ててもらった細身の袴を着けるだけのことである。

朝早くからの外出は、殺しの依頼主である三河万歳の才蔵に探りを入れる、下調べの役目を果たすためだった。

辻番所を預かる留蔵は、勝手に持ち場を離れるわけにはいかない。

伊織にしても同様だった。

往来勝手の大道芸人にも、一応は縄張りというものがある。

根津権現門前から裏門坂《うらもんざか》を登り、本郷追分《おいわけ》と呼ばれる中山道《なかせんどう》と日光御成道《にっこうおなりみち》の分岐点へ出たところの辻に伊織は日がな一日座し、謡曲を吟じている。

同業の浪人者には流しの謡曲師もいたが、何の馴染みも無い街を歩いて廻ったところで銭を恵んでもらえる可能性は限りなく低い。通りの商家からは煩《けむた》がられ、地回りの若い衆からも要らざる因縁を吹っかけられるのが、関の山だった。

年の瀬を目の前に控えた伊織が、安心して正月を迎えるために一文でも多く、今のうちに稼いでおきたいことを弥十郎は承知している。

才蔵たちが名指しした標的の権造を仕留めるときには、むろん手を貸してもらうことになるだろう。しかし、殺しを決行する前の段取りにまで、多忙な伊織を引っ張り出すには忍びない。

ために弥十郎は留蔵に断って辻番所を抜け出し、日本橋の木賃宿に集まっているはずの才蔵たちに会いに出かけたのだった。

依頼人である才蔵個々人の面《めん》を改めようというのではない。

集まった銭に込められた恨みの筋を、疑うわけでもなかった。

ただ、その銭と恨みの重さを確かめておきたいのだ。

身元を明かすことなく接触し、三年越しの復讐を果たすことを変わらず望んでいると裏を取った上でなくては、権造を仕掛けるわけにはいかない。

斯様《かよう》な判断を下したのは、他ならぬ留蔵である。

「頼んだぜぇ、弥の字」

見送る老爺に手を振ってみせて、弥十郎は根津の門前町を後にした。

いかに健脚な若者とはいえ、根津権現の門前から日本橋までは、ひとまたぎというわけにはいかない。

# 十一

水鳥が飛び交う不忍池《しのばずのいけ》を横目に、弥十郎は湯島《ゆしま》へ抜けた。
湯島天神《てんじん》、神田《かんだ》明神《みようじん》と界隈の名刹の横手を通り抜ければ、神田川にぶつかる。
後は川に沿って、ひたすら歩《ほ》を進めるばかりだった。
神田川沿いの一帯に広がる町人地を通過してしまうまでが、また長い。
ようやく河口近くまで辿《たど》り着いたときには、四つ（午前十時）の鐘が鳴っていた。
冬場とはいえ、一刻《いつとき》（約二時間）も歩き通しに歩けば、さすがに汗ばむ。
浅草橋《あさくさばし》を目の前にした弥十郎は、ほっと安堵の息を漏らす。
橋を渡り、浅草御門《ごもん》を潜れば、ようやく日本橋である。
目指す才蔵たちの宿は、馬喰町と聞いていた。
「さて……」
弥十郎は、すっと表情を引き締めた。

年の瀬の日本橋一帯は、まさに人混《ひとご》みでごった返している。

再び歩き始めた弥十郎の横を、二人の男が通り過ぎようとした。

共に四十絡みの、人相の良くない男たちだ。

片方は着流し姿の町人だが、連れは袴を着け、大小の刀を帯用《たいよう》した浪人者だった。

才蔵市の利権を牛耳る権造の配下、房吉と原甚内である。

もとより、弥十郎は二人の素性など知るはずもない。

武士とすれ違うときの通例に倣《なら》い、鞘に触れぬように十分な間隔を取って、道の右脇に避けただけであった。

月代を伸ばした長髪を束ね、町人と変わらぬ身なりをしている弥十郎は、傍目《はため》には武士とは見えない。

また、彼自身も己を武士とは思っていない。

殊勝な振舞いは、どこまでも自然なものだった。

先に立った房吉は、何食わぬ顔で通り過ぎていく。

後に続く甚内と行き交う刹那、弥十郎は我知らず、その左腰に視線を走らせていた。

別段目新しくもない、地味な拵《こしら》えの黒鞘《くろさや》である。

しかし、帯びた角度は見事に地面と並行に近い、閂《かんぬき》になっていた。

今日《きょう》びの江戸で、両刀をきちんとした形で帯用している浪人は珍しい。

直参であれ陪臣であれ、主家に仕える身ならばごく当たり前の作法だったが、主無《しゅうな》しの素浪人にしては見上げた身支度と言えよう。

もっとも、剣客《けんかく》であれば話は別だ。

浪人者の常として、だらしなく落とし差しにしていたのでは、いざ鞘走《さやばし》らせようというときに角度を調整しなくてはならない。平素より閂にさえ帯びていれば、いつでも慌てることなく一挙動で、腰の高さで横一文字に刀を抜き放つことが可能なのである。

この浪人、よほど剣術の心得があるのだろう。

やはり剣を修めた者として、弥十郎は純然たる好奇心から甚内の差料《さしりょう》に目を向けずにはいられなかったのである。

果たして、甚内は見知らぬ若者の目の動きに気付いていた。

「何か、儂《わし》らに用でもあるのか？」

甚内は、じろりと弥十郎を睨《ね》め付《つ》けた。

大柄な若者に比べれば身の丈は頭ひとつ低いが、道場剣術の荒稽古で鍛えられた体躯は逞しく、足の運びにも無駄がない。

無言で一礼して、弥十郎は脇に寄った。

と、すれ違いざまに甚内が足払いをかけてきた。

弥十郎は、さっと跳ぶ。

水溜まりを避けるかの如き、さりげない動きであった。

「………」

何食わぬ顔で去っていく弥十郎の広い背中を、甚内は鋭い視線で見送る。

先に立って歩いていた房吉が、険しい顔で戻ってくる。

「追っかけて痛めつけやすかい、先生？」

「もう良い」

房吉を黙らせて、甚内はひとりごちるのだった。

「あ奴、出来るな」

十二

その頃。

鶴丸太夫は、才蔵の一団が草鞋《わらじ》を脱いでいる馬喰町の木賃宿に向かっていた。

仲間の太夫たちには、何も話していない。

才蔵市を仕切ってくれる権造の存在を便利に思い、頼り切っている連中を巻き込もうとしても無駄なことだと、疾うに諦《あきら》めていた。

しかし、このまま事を放ってはおけまい。

三年前から不当な搾取を受けるようになって以来、才蔵たちの戯けぶりから目に見えて覇気が失われていることに、鶴丸は気付いていた。

このまま悪い状態が続いては、遠からず三河万歳の江戸興行は成り立たなくなる。

相棒として欠かせない才蔵が元気でいてくれなくては、太夫である自分たちが磨き上げた万歳の芸を披露する甲斐も無いではないか。

今年こそ、何とか手を打たなくてはなるまい。

斯様に危惧《きぐ》しての訪問だった。


しかし、意を決しての訪問も、当の才蔵たちにとっては歓迎されざるものだった。

「わっちらの芸が拙《つたな》いとでも、文句を言いに来なすったんですかい?」

小柄な男が、ずいと鶴丸に詰め寄る。

磯吉《いそきち》、五十二歳。

房総から出てくる才蔵たちの兄貴格で、ふだんは銚子港《みなと》で船頭をしている。乗っている漁船は、網元の権造の持ち物だった。

本業のみならず、年に一度の出稼ぎのときにまで搾取されているとなれば、怒りたくなるのも当たり前だ。

日に焼けた磯吉の顔には、度《ど》し難い怒りが秘められていた。

仲間の才蔵たちは、事の成り行きを黙ったまま見守っている。鶴丸に向けられた視線は一様に、不審の色に満ち満ちていた。

夕餉の仕込みをしているらしく、宿の者の姿は見当たらない。だだっ広い板の間に居るのは十人ばかりの才蔵と、困惑した顔の鶴丸のみだった。

何ひとつ答えられずにいる鶴丸に、磯吉は遠慮のない視線を向ける。

「いただくもんさえ満足にいただけりゃ、わっちらだって明るく務めさせてもらいてぇと思っておりやす。万歳を年にいっぺんの楽しみにしてくれている、あっちこっちのお屋敷の皆さんに、不景気な顔《つら》を向けるのは申し訳ねぇ。思うところは、皆一緒でさ」

「……………」

鶴丸に、返す言葉は無かった。

磯吉の言い分は、いちいち正鵠《せいこく》を射ていた。

十分な報酬を得られずして、覇気のある働きなどできるものではない。

むろん、すべての元凶が権造であることは鶴丸も承知していた。

だが、どうにも仕様がない。

三河万歳の太夫は芸事以外は何ひとつできない、世間知らずの者ばかりである。その甘さにまんまと付け込まれていると分かってはいても、権造の存在なくしては才蔵市そのものが成り立たない仕組みが、すでに出来上がってしまっているのだ。

「何とか言っておくんなさい」

焦《じ》れた様子で、磯吉は続けて言った。

「一体、わっちらにどうしろってんですか!」

居並ぶ才蔵たちの視線が、鶴丸に集中する。

鶴丸の優美な横顔を、一筋の汗が伝って流れたのも無理はなかった。

かつて、どれほどの大舞台に立ったときにも、ここまで緊張を覚えたことはない。

「黙ってちゃ分からねぇっぺえよ、鶴さんっ」

追い打ちをかけるように、磯吉よりも年嵩《としかさ》の才蔵が声を上げた。

「亀吉《かめきち》っつあん……」

食ってかかってきた老爺は、鶴丸と長年組んできた才蔵だった。

年が明ければ、確か八十になるはずである。

二十年前、江戸の正月興行に加わったばかりのときに初めて組んでもらって以来、息子ほども齢の離れた鶴丸を立て、何くれとなく面倒を看《み》てくれた温厚ぶりは、今や何処にも見当たらない。

　権造の仕切りで太夫が相方を自由に選ぶことができなくなったこともあったが、一昨年からは碌《ろく》に言葉を交わす機会も無くなっていた。

　苛烈《かれつ》な口調で、亀吉は言った。

「わっちらに、もっと明るい言祝ぎをさせてくれよ！」

「お前」

「好きな商売《しょうべえ》に身を入れて励めねぇほど、辛《つれ》えことは無《ね》えや……」

　亀吉は、いつしか涙を流していた。

　沈黙したままの鶴丸の目元にも、光るものが浮かんでいる。

　磯吉を初めとする面々は、言葉を失っていた。

　他の者が同じ文句を鶴丸にぶつけたところで、単なる愚痴にしか聞こえなかったことであろう。

　二十年来の相棒だった亀吉なればこそ、胸の内にまで響く熱さを込めて訴えかけることが叶《かな》ったのだ。

果たして、鶴丸はすっと顔を上げた。

「皆、聞いてくれ」

色白の細面に、もはや迷いの色はない。亀吉の忌憚《きたん》のない言葉を耳にしたことで、完全に吹っ切れていた。

「明後日の才蔵市に、足を運ぶのを止めてはもらえぬか」

「え……」

才蔵たちは、思わず絶句した。

いかに権造一味に牛耳られているとはいえ、才蔵市なくして彼らは仕事にありつくことができない。その市に出るなとは、どういうことなのか。

「何を仰るんで、太夫?」

信じ難い様子の磯吉に、鶴丸は堂々と答えた。

「そなたらが参らぬ限り、市は成り立たぬ。しかし、我らには相方が必要だ」

「そんなことは、当たり前《めえ》でしょう」

「肝心の才蔵が集まらなければ、私の仲間たちはもはや権造に頼ってはいられなくなる。それこそ血眼《ちまなこ》で、そなたらを求めて江戸中を駈けずり回ることになるだろう」

鶴丸は、熱っぽい口調で一同に説いた。

「そいつぁ、まずいんじゃないですかい」

年若い才蔵が、不安げな面持ちで口を挟んでくる。

「権造親分は、寺社奉行さまのお墨付きを頂戴しているんですぜ？」

「案じるには及ばぬ」

自信たっぷりに、鶴丸は請け合う。

「あ奴がお許しを得ているのは、市場を取り仕切ることのみ。二十八日に日本橋南詰まで参るかどうかは、そなたら自身が決めれば良いのだ」

「そうか……」

得心した様子で、磯吉はつぶやく。

どうして、これまで気付かなかったのか。そう言いたげであった。

確かに鶴丸が言っている通り、才蔵のなり手である磯吉や亀吉たちがいない限り、市は成立しなくなる。

しかし、太夫には才蔵が必要だ。

元締の権造が人集めの役に立たないと知れば、自力で相方を獲得するべく、懸命になることだろう。

ひとたび優位に転じれば、もはや権造など恐れるには値しない。

今こそ一同が心を合わせ、腹を括《くく》るべき局面であろう。

「わっちはやるぜ」

真っ先に身を乗り出したのは、亀吉だった。

「権造の野郎に、ひと泡噴かせてやろうじゃねえか！」

「父っつあん……」

「任せておくんなせぇ、鶴さん」

昔の呼び名で答えた亀吉は、皺《しわ》だらけの貌に精一杯、頼もしい笑みを浮かべて見せた。

「亀爺さんがそう言うんなら、否やはねえな」

磯吉が、恥ずかしそうに前へ出てくる。

「さっきはひどい言い方をしちまって、すみやせんでした。許しておくんなさい」

「気にするな……！」

笑顔で答えようとした鶴丸の表情が、ふと強張《こわば》った。

宿の戸口に、二人の男が立っていた。

「余計な入れ知恵はそこまでにしてもらおうか、太夫」

淡々とつぶやく原甚内の隣で、房吉は懐手《ふところで》になったまま押し黙っている。

短刀《たんとう》の柄《つか》を握った右手が、袷の下で苛立《いらだ》たしげに動いていた。

十三

否応《いやおう》なしに、一同は宿の裏手に連れ出された。

路地の入口には房吉が立ち、抜かりなく退路を断っている。

「これまでだな」

甚内は、すらりと刀の鞘を払った。

明るい陽光の下に、鋭利な剃刀刃《かみそりば》が剣呑《けんのん》な姿を現す。試し切り用に研《と》がれた刃は、斬人《ざんじん》を幾度となく経験してきた者の差料なればこその仕様だった。

「待て……」

鶴丸は、がくがくと震えるばかりであった。

左腰に帯びた朱鞘の刀も、盛んに揺れている。

もとより、柄に手を掛けることもできはしない。

「安心せえ、太夫。そなたを傷付ける積もりは無い」

鈍色《にびいろ》の刀身をかざしながら、甚内は静かに申し渡す。

「されど、才蔵どもにはちと、痛い目を見てもらわねばなるまいよ。二度と、悪い料簡を起こさぬようにな」

「おきやがれ！」

一同が震え上がる中、果敢にも言い返したのは亀吉だった。

「もう、お前らの言うことは金輪際《こんりんざい》、聞きやしねえぜっ」

息巻く老爺に、甚内は一言告げたのみだった。

「退《の》いていろ。年寄りを痛め付けるのは好かぬ」

「止しねぇ、父っつあん」

慌てて磯吉が身を乗り出した刹那、甚内が一歩、前に出た。

「う！」

とたんに、磯吉が呻《うめ》き声を上げて崩れ落ちる。

みぞおちに、柄頭《つかがしら》を打ち込まれたのだ。

手加減していたとはいえ、頑健な船頭を一撃で悶絶《もんぜつ》させて余りある威力だった。

「磯吉っ」

亀吉は、きっと浪人を見返した。

「仕方ないの」

溜め息を漏らすと、甚内は刀を振り上げた。

その背が、ぴくりと動いた。

「……何奴か」

そこに立っていたのは、弥十郎だった。

路地をふさいでいたはずの房吉は、だらしなく板塀《いたべい》に寄りかかっている。弥十郎に当て身を喰らわされて、気を失っているのだ。

「お前か」

言うと同時に、甚内は刀を中段《ちゅうだん》に構え直す。

相手を侮《あなど》っていれば、かくも堅実な構えなど取りはしなかったことだろう。この若者がただならぬ技量を秘めていると、先程の悪ふざけだけで気付いていたのである。

博徒の用心棒に身を落としてはいても、かつて甚内は松戸屈指の名門道場で腕を磨いた剣客だった。

なればこそ対手《たいて》を強者《きょうしゃ》と見抜き、守りを固めたのだ。

弥十郎は両肩の力を抜き、自然体《しぜんたい》で立っていた。

丸腰であるにも拘わらず、まったく気後《きおく》れしている様子が無い。

浪人を見据える双眸には、静かな怒りの色が浮かんでいた。

「む！」

短い気合いを発すると同時に、甚内は突進した。

前に踏み出した右膝をわずかに動かした刹那、左足で地を蹴《け》ったのだ。

一足一刀《いっそくいっとう》の間合いまで接近したところで、刀を振りかぶる。

その胴に、苛烈な一撃がぶち込まれた。

弥十郎が、足刀《そくとう》を放ったのだ。

六尺豊かな大男が体重を余さず載せた蹴撃《しゅうげき》は、たとえるならば丸太ん棒で打たれたようなものである。

とっさに後方へ跳んで勢いを殺さなければ、肋骨《ろっこつ》をへし折られていたに違いない。

「おのれ……」

甚内は、低く呻いた。

辛うじて刀を取り落とさなかったのは、さすがと言えよう。

弥十郎は、無言で脇へ退《ど》いた。

敢えて、敵を逃がそうというのである。

捨てぜりふを残すこともなく、刀を納めた甚内は路地から出て行く。

気を失ったままでいる房吉に、肩を貸すことも忘れてはいなかった。

弥十郎は、おもむろに後を追って歩き始める。

ぽかんとしたまま、一同は精悍な若者の後ろ姿を見送るばかりであった。

「……何者ですかねぇ」

「そなたたちの、存じ寄りではなかったのか」

呆然とつぶやく亀吉に、鶴丸は不審そうに問うた。

何の縁《ゆかり》も無い輩《やから》が修羅場に割り込み、命を救ってくれるはずがあるまい。

と、亀吉が何かを思い出したような表情になった。

「もしかしたら……」

「心当たりでもあるのか、父っつあん？」

「いや、何でもありやせん」

さりげなく告げると、亀吉は笑顔になって言った。

「それよりも、さっきのお話の続きなんですがね。本当に、わっちらが市へ出向かなきゃ太夫さんたちは昔のように芸を目利きしてくれた上で、雇ってくださるんですかい？」

「無論だ」

鶴丸は、勢い込んで答えた。

「ただし、これまでのように手を抜いてもらっていては埒《らち》が明かぬぞ。皆の目利きに叶うよう、存分に芸を見せてもらわねばな」

「分かっていまさぁ」

亀吉は、自信たっぷりに言ってのける。

皺だらけの貌には、今こそ紛れもなく、昔なじみへの敬愛の念が満ち満ちていた。

## 十四

尾《つ》けられていることに、甚内は最初から気付いていたらしい。

馬喰町から小伝馬町《こでんまちょう》に入ったところで、おもむろに足を速めたのだ。

すでに房吉は意識を取り戻し、遅れまいと必死で浪人と並んで駈けていく。

懸命になってはいるらしいが、その歩みはのろい。

行き交う者から怪しまれぬ程度の早足《はやあし》で、十分に追いつけそうだった。

と、弥十郎の足が止まった。

目の前に、三十絡みの男が立ちはだかっている。

「どうしたんでぇ、若いの」

男は、結城紬《ゆうきつむぎ》の着流し姿だった。

彫りの深い、男臭い顔立ちをしている。

滝縞柄《たきしまがら》の羽織の後ろ腰からは、黒光りする十手《じって》が覗いていた。

滝夜叉《たきやしゃ》の佐吉《さきち》、三十三歳。

根津権現の界隈を縄張りとする、岡っ引きである。

佐吉は、帯前に煙管《きせる》を差していた。

並のものではない。雁首《がんくび》と吸口《すいくち》をつなぐ、太い羅宇《らう》だけで優に一尺（約三〇センチメートル）はある長煙管だ。

単に、長いだけではない。

すべての部品が鋳鉄《ちゅうてつ》製の頑丈極まりない造りで、無頼漢が短刀代わりに好んで持ち歩くことから喧嘩煙管《けんかぎせる》とも呼ばれる、剣呑な代物だった。

「佐吉親分……」

弥十郎は、気まずい表情を浮かべた。

佐吉は、留蔵たちが裏の稼業を営んでいることに、かねてより感付いていた。

のみならず、事あるごとに機を窺《うかが》い、一党を叩き潰そうと目論んでいる。

そうすることが出来るだけの腕を、佐吉は持っている。

十手を握る身でありながら、伊達《だて》に喧嘩煙管を差しているわけではないのだ。

ずいと佐吉は一歩、前に出た。

身の丈こそ二寸（約六センチメートル）ほど下回っているが、逞しく引き締まった五体が発散する気迫は、まったく弥十郎に負けていない。

むしろ、男としての貫禄《かんろく》は上回っていたと言えよう。

「番所で留蔵爺さんのお守りをしていなくちゃならねぇお前《めえ》が、どうして日本橋なんぞをうろついているんだい。見れば、あの二人連れを尾けていたようだが」

「親分こそ、どうして」

「お町《まち》（奉行所）の旦那の御用でな、ちょいと牢屋敷《ろうやしき》へ寄った帰りよ」

小伝馬町には、南北の町奉行所が捕らえた罪人を収監する牢屋敷が設置されている。

抱え主の町同心《まちどうしん》の命令を受けてのこととなれば、根津の岡っ引きがこんなところに居たとしても不思議ではないだろう。

それにしても、間《ま》が悪すぎた。

すでに、甚内と房吉の姿は何処にも無い。

「大晦《おおつごもり》を前に、もうひと仕事やらかそうってぇ腹らしいな」

「………」

黙り込んだ弥十郎に、佐吉は鋭い視線を向ける。

切れ長の双眸は、相手の力量を認めていればこその輝きを放っていた。

「お前らの好き勝手にはさせねぇ。留蔵爺いに、そう言っときな」

それだけ告げて、佐吉は踵を返した。

歯がみしながらも、弥十郎は黙って見送る以外になかった。

十五

本郷追分の両側は、武家屋敷と寺に囲まれている。

田部伊織は今日も往来に座し、能《のう》『景清《かげきよ》』の一節を吟じていた。

「……衰えはてて心さえ、乱れけるぞや恥かしや……」

朗々とした美声が、師走《しわす》の乾いた空の下に流れる。

昼下がりの通りには、誰もいない。

淡々と吟詠《ぎんえい》を続ける伊織の目の前に、一人の男が立った。

「実入り、あんまり良くねえようだな」

いきなり無遠慮な口をきいたのは、滝夜叉の佐吉だった。

不快な様子も示すことなく、吟じ終えた伊織はすっと一礼する。

佐吉に頭を下げたわけではない。

聴衆が居ようと居まいと変わらない、芸を演じた後の締めくくりの所作《しょさ》だった。

「相変わらず、折り目正しいこった」

憎まれ口を叩かれても、伊織の表情は変わらない。

ただ一言、返しただけであった。

「何用《なによう》か」

「俺の用向きといえば、ひとつしかあるめぇ」

佐吉は、ふてぶてしい笑みを口の端に浮かべる。

「ついさっき、辻番の若いのに日本橋で出っくわした。ふだんはあのへんじゃ見かけねぇ二人連れを追っかけ回していたぜ。ありゃ、たしか才蔵市の仕切りで年にいっぺんだけ江戸に出てくる、銚子やくざの身内じゃねえかな」

「それが、如何《いかが》致した」

「とぼけるねぇ。どうせ、お前さんも一枚噛んでいるんだろうが？」

「知らぬな」

伊織は、膝の脇に置いた籠へ手を伸ばした。

今日の聴衆が投じていってくれた、わずかな銭を袂に落とし込む。

動じることなく、佐吉は言った。

「留蔵爺いの仕事に手を貸すのは、いいかげん止したがいいな。そのうち、三尺高《たけ》えところに雁首を揃える羽目になるぜぇ」

「………」

伊織は無言で立ち上がった。

莚をくるくると丸めて、空の籠と一緒に小脇に抱えれば、帰り支度は仕舞いである。

一日の仕事を納める頃合いには、まだ早い。

しかし、留蔵一党を付け狙う宿敵が顔を見せたとなれば、退散するのが賢明だった。

「待ちな、どさんぴん」

伊織の背中に、佐吉は鋭く言い渡す。

「お前らは、いずれ俺が叩き潰す。よっく覚えておきねぇ」

答えず、伊織の孤影が裏門坂を下っていく。

見送る佐吉の横顔には、変わらぬ不敵な笑みが浮かんでいた。

十六

その頃。

原甚内と房吉は、親分の権造への注進に及んでいた。

かねてより二人は鶴丸太夫の動きに不審を抱き、その動向を探っていたのだ。

なればこそ才蔵たちとの密談の現場を突き止めることも叶ったのだが、名も知らぬ若者の邪魔が入ったのは、まったくの勘定外であった。

「ふざけやがって……」

権造が、ぎりっと奥歯を鳴らす。

その前にあぐらをかいた甚内は、ぼそりとつぶやいた。

「あの鶴丸太夫、のっぺりした顔をしておるが、なかなかのしたたか者だの」

「のんきにごたくを並べているときですかい、先生っ」

「すまぬ」

素直に詫びる甚内の傍らでは、房吉が面目《めんぼく》なさそうに俯《うつむ》いている。

「……とにかく、何とかしなくちゃなるめぇ」

権造は気持ちを鎮めようと、鉈豆煙管《なたまめぎせる》を盛んにくゆらせていた。

才蔵からの搾取で唸るほど銭を貯め込んでいながら、権造は身の回りの品には安物しか使おうとしない。徹底した吝い屋《しわや》であった。

かかる吝嗇漢《りんしょくかん》が美味しい儲けをふいにされそうになって、怒らぬはずがあるまい。

とはいえ、鶴丸を表立って制裁するわけにはいかなかった。

三河万歳の太夫たちは、幕府と土御門家の庇護を受ける立場である。先程、甚内が騒ぎの張本人と分かっていながら手を出そうとしなかったのも、そのためだ。

「やはり、ここは贄《にえ》を用意せねばなるまい」

ふと、甚内がつぶやいた。

「どういうことですかい、先生？」

房吉が問いかけるのに、甚内はさらりと答えた。

「才蔵に一人、おろく（死体）になってもらうのだ」

甚内の横顔に、逡巡の色は無かった。

老齢の亀吉を痛めつけるのを手控えるほどの情を持ち合わせている反面、ひとたび思い切れば、とことん非道に徹することができる性格であるらしい。

「そいつぁ……」

権造が渋い顔をしたのは、人間らしい感情ゆえのことではなかった。

才蔵たちは、いわば金を生む源である。

たとえ一人でも無闇に命を奪えば、稼ぎから吸い上げる額が減ってしまう。

そんな勿体《もったい》ない真似《まね》が、できるはずがないだろう。権造は、そう言いたいのだ。

「いいかげんにせえ、親分」

吝嗇漢の逡巡を打ち切らせたのは、甚内の重たい一言だった。

「斯様に些事《さじ》にこだわってばかりいては、遠からず身を滅ぼすことになるぞ」

「先生……」

圧《お》しを効かせた口調は、剣術の稽古で鍛えられた地声である。

平素は決して余人《よじん》に見せることのない一面を、権造の思い切りの悪さに苛立った甚内はちらりと示したのだ。

身内なればこそ、不意に牙《きば》を剝《む》かれたときの驚きは大きいものだ。

権造と房吉が思わず表情を強張らせたのも、無理はなかった。

黙らせた博徒どもに、甚内は重ねて告げる。

「大を生かすためには、小の虫を殺すことも致し方あるまい」

髭の剃《そ》り跡が濃い横顔は、まったくの無表情だった。

## 十七

陽が落ちた頃。

鶴丸と亀吉は、日本橋北詰で杯《さかずき》を傾けていた。

魚河岸と隣合わせの一帯には、新鮮な魚介を供する料理屋が軒を連ねている。

やがて昭和の世に至り、魚河岸は築地《つきじ》へ移転することになるのだが、食い道楽な人々が老若男女の別を問わず、足繁く通ってくる光景ばかりは昔も今も変わらない。

二人が選んだ店は場外市場《じょうがいいちば》には珍しく、肉料理が売り物である。

どことなく上品な四十代の女主人は山育ちとのことで、種類に応じて獣肉をより美味しく調理するこつを心得ている。客が頼めば飯台《はんだい》の上に七輪《しちりん》を据え、炭火で猪《いのしし》や山鳥《やまどり》の肉を汁気たっぷりに焼き上げ、粗塩で食べさせてくれるという話だった。

迷うところだが、未だ肌寒い時期の肉料理と来れば、やはり鍋物に限るだろう。

「ぼたん鍋なんざ、久しぶりでさぁ」

ふつふつと煮えてくるのを前にして、亀吉が嬉しそうに言った。

猪《しし》鍋は赤味噌《あかみそ》仕立てが定番だが、三州《さんしゅう》（三河）味噌に限るという好事家《こうずか》の言もある。

鶴丸と亀吉の好みはといえば断然、後者だった。

三河万歳の太夫と才蔵が連れ立って訪れたのを板場《いたば》から見た女主人は、そっと店の小女《こおんな》を走らせ、わざわざ味噌玉を購ってきてくれたらしい。

さりげない気遣いに謝《しゃ》しながら、二人は箸を取った。

猪肉は煮れば煮るほどに柔らかく、美味が増す。

この店の猪鍋は野菜《ざく》を大根と笹掻《ささが》き牛蒡《ごぼう》のみに絞り、水増しすることなく、存分に肉を食べさせてくれるのが評判だった。

それでいて、豆腐とこんにゃくも多すぎず少なすぎず炊き合わせてあり、旨《うま》みを十分に吸ってくれたところを摘《つま》むのがまた、こたえられない。

「さ、父っつあん」

「すみやせんねぇ」

鶴丸が手ずから小鉢によそってくれたのは、脂身も艶《つや》やかな肩肉である。

「老体に脂は悪しと言うが、少しは良かろう」

「何の、まだまだ若いもんにゃ引けを取りませんよ。酒だって、五合《ごんごう》ぐれぇならどうってことは……」

と、亀吉は杯を差し出す。

相手が相手であればこその、甘えたしぐさだった。

「頼もしいな」

苦笑しながら、鶴丸はちろりに手を伸ばす。

酒は武州《ぶしゅう》の産とのことで、やや辛口だった。

肉の濃厚な味をさらりと洗ってくれる喉越《のどご》しが、何とも心地よい。

「その調子で、正月はしかと頼むぞ」

「たんと福を呼び込みましょうや」

満ち足りた想いを噛み締めながら、二人は心ゆくまで食べ、呑んだ。

## 十八

楽しい宴《うたげ》も、町の木戸が閉じられる四つ（午後十時）までにお開きにしなくては、宿へ帰れなくなってしまう。

「またのお越しを……」

女主人に送り出された二人は、上機嫌で歩き出す。

いきおい、祝言も口を突いて出ようというものだった。

「鶴は千年の名鳥なり」

「亀は万歳のョ御寿命保つ……」

心からの笑みを交わしながら、鶴丸と亀吉は相方を言祝ぐ。

名残惜しい相手と共に歩いているときほど、別れ路《じ》を進むのも早いものである。

室町《むろちょう》と本町《ほんちょう》の辻に出たところで、亀吉は深々と頭を下げた。

「ご馳走《ちそう》さんにございました」

「体を冷やさぬようにな、父っつあん……」

冬の闇は深い。

小田原《おだわら》提灯《ぢょうちん》の薄明かりでは互いの表情までは見て取れなかったが、男たちの心はしかとつながっている。

遠ざかっていく足音が絶えるまで、亀吉はじっと頭を下げ続けていた。

「………」

白髪頭を上げた亀吉が我知らず微笑んだとき、背後から低い声が聞こえてきた。

「ご陽気だな、亀よ」

呼びかけられるまで、老爺は迫る影に気付いていなかった。

「好《よ》い心持ちのまま、逝《い》くが良かろう」

そう告げる影は、大小の二刀を帯びている。

提灯の明かりに、凶悪な面相が浮かび上がった。

「あんた……」

皆まで言わせることなく、原甚内は腰間《ようかん》から剃刀刃を鞘走らせていた。

# 十九

魚河岸の反対側に位置する日本橋南詰には、主殺《しゆうごろ》しや情死の生き残り、破戒僧を附加刑《ふかけい》として縛り上げ、見せしめにする晒場《さらしば》が設けられている。晒の時間は朝の五つ（午前八時）から夕方の七つ（午後四時）までと定められており、夜は無人の空間となる。

居眠りを決め込んでいた番人が明け方の寒さで目を覚ましたとき、高札場《こうさつば》の正面にある晒場には、見慣れぬ老爺の亡骸《なきがら》が転がされていた。

仰天した番人の知らせで、町同心が駈け付けてくる。

とんだ厄介事が起きたものだと困惑しながら馳せ参じた同心たちの耳に、獣じみた絶叫が飛び込んできた。

それは激しい悲しみに打ちひしがれた者の、血を吐くが如き慟哭《どうこく》だった。

「父っつあん!!……」

動かぬ老爺を掻き抱《いだ》いていたのは、三河万歳の太夫である。

「あれは、鶴丸太夫じゃないか？」

「言祝ぎが商売の兄さんが亡骸《おろく》を抱いているなんざ、縁起でもねぇ様《ざま》だぜ」

口さがない野次馬たちの中には、弥十郎と伊織の姿も見出《みいだ》された。

あれから馬喰町の木賃宿に張り込んでいた弥十郎は、町の木戸が閉じられるまで戻ってこなかった亀吉の身を案じ、夜が明けるのを待って伊織を誘い出したのだ。

日本橋まで取って返したとたんに出くわしたのが、かかる無惨な光景であった。

絶えることのない号泣《ごうきゅう》を耳にしながら、二人は声も無い。

「………」

「………」

もう一日早く、自分たちが仕掛けてさえいれば助けられた命だった。

弥十郎の精悍な横顔に、悔恨《かいこん》の色が滲《にじ》む。

もう一年早く、手を打っていれば命を落とすこともなく、辛い思いをせずに済んだはずの男だった。

伊織の胸中に、言い知れぬ無念が募《つの》った。

もっと早く動いていれば、罪なき老爺を無惨な死に至らしめることもなかった。そう思えば思うほどに、尽きぬ後悔の念を、そして手を下した外道どもへの怒りを禁じ得ないのだ。

しかし、いつまでも落胆している場合ではあるまい。

自分たちが為すべきことを、弥十郎と伊織は今こそ確信していた。

野次馬の群れから抜け出した二人は肩を並べ、絶えることなく続く号泣を背に日本橋を渡っていく。

騒ぎを聞き付けた新たな野次馬たちが、北詰から駈けてくる。

ぶつからないようにすっすっと肩を引き、無遠慮な輩をやり過ごしながら、伊織はそっと口を開いた。

「……弥十郎、急ぎ探しに参るぞ」

「……誰《たれ》を」

「佐吉親分だ」

「あいつに会って、何をしようってんだ？」

小声で問い返す弥十郎に、伊織は続けて言った。

「もはや猶予は許されぬ。明朝、才蔵市が開かれる前に始末をつけるぞ」

「………」

「あ奴が我らをどこまでも阻むというのであれば、先に引導《いんどう》を渡さねばなるまい」

声を低めてはいても、伊織の言葉は名状し難い気迫に満ち満ちている。

常に沈着冷静な男がこれほど過激な言を口の端《は》に上《のぼ》せるのは、かつてないことだった。

だが、敵を増やすのは得策ではあるまい。

「あんたらしくない物言いだな、伊織さん」

果たして、弥十郎は首を縦には振らなかった。

「話は俺がつける。伊織さんは先に番所へ戻って、段取りを決めてくれ」

「お前……」

「おやっさんに、余計なことは言わないでくれよ」

二十

弥十郎が上野広小路《ひろこうじ》で佐吉を見付けたのは、もうすぐ日が暮れようという頃だった。

岡っ引きは抱え主の同心の命を受け、事件の手がかりを求めて江戸市中をくまなく歩き回る密偵《みってい》稼業だ。

向こうから訪ねて来られれば招かれざる客なのだが、いざ会おうとしても容易に見付けられるものではない。

陽のあるうちに捜し出すことができたのは、野生の勘の為せる業であった。


「親分」

雑踏の中でも見紛《みまご》うことのない滝縞柄の後ろ姿に、弥十郎は迷わず呼びかけていた。

「何の用だえ」

振り向くことなく、佐吉は足を止める。

右手は、帯前に差した喧嘩煙管に掛かっていた。

「そのままでいい」

弥十郎は、淡々と言葉を続けた。

「才蔵の父っつあんが殺されたぞ」

「知っているよ」

「なら、どうして広小路なんぞをぶらついているんだい？」

「こちとら、お町の御用を預かる身だ。お前らのようにはいくめぇ」

「それだけかい？」

表情を強張らせる弥十郎に、佐吉は静かな口調で告げた。

「俺ぁ十手持ちだ。手前《てめえ》の情《じよう》で、事に拘わるわけにはいかねぇのよ」

「あんたが邪魔しなけりゃ、救えた命だったんだ！」

語気も鋭く言い放つ弥十郎にそれ以上は答えず、佐吉は無言のまま歩を進めていく。

後に続く弥十郎の目に、やがて不忍池が映じた。

水鳥たちが泳ぐ様《さま》を、家族連れの大工がのどかに眺めている。

仕事帰りに待ち合わせ、これから料理屋で夕餉を摂ろうという段取りなのだろう。

幸せそうな若女房が抱いた赤ん坊と、弥十郎の目が合った。

むっちりした手を挙げて、七月《ななつき》ばかりの赤ん坊が笑いかけてくる。

無垢な微笑みを受けて、弥十郎の精悍な相貌《そうぼう》がふっと緩む。これから凄腕の岡っ引きと命懸けで渡り合おうという者らしからぬ、心穏やかな表情であった。

「お前はこどもに好かれる質《たち》らしいな、若いの」

背中を向けたまま、佐吉がつぶやく。

「………」

大工一家との距離が開いた。

弥十郎の表情が、すっと引き締まる。

「才蔵さんたちの恨みは、俺が晴らす」

堂々の宣言だった。

「好きにしな」

佐吉は、ふだんと変わらぬ口調で答えていた。

十手を握る身で表立って留蔵一党を助けるわけにはいかないし、最初から、そうする気もありはしない。

ただ、すべてを黙って見逃すつもりなのであった。

## 二十一

辻番所に戻ってきた弥十郎を、留蔵は焦れた顔で出迎えた。

「この大事《でえじ》なときに、何処をほっつき歩いていたんでぇ！」

「ちょっとな」

怖い顔で迎えた留蔵に、弥十郎は悪びれることなく告げる。

「弥の字、お前……」

怪訝そうな老爺の脇をすり抜けて式台に昇り、奥の障子を開ける。

板の間には、伊織が座していた。

その視線を受けて、弥十郎は小さく頷く。

黙ったまま頷き返し、伊織は懐中に手を差し入れる。

取り出されたのは、見慣れない履物だった。

「かねてより、そなたに渡そうと思っていた品だ」

それは足半《あしなか》だった。

書いて字の如く、足裏の前半分しか無い草履である。

戦国乱世に雑兵《ぞうひょう》たちが好んで用い、立ち回りやすいことから上位の武者にまで広まった足半は、摺《す》り足で体をさばくのが基本の兵法者《ひょうほうしゃ》にとっては最適の履物だという。

外国の靴と異なり、わが国の草履や雪駄《せった》の台座《だいざ》は足裏よりも小さめに作られているのが常である。踵《かかと》で足を蹴り出すようにして大股《おおまた》で歩行する西洋人に対し、腰を入れて体の軸を崩すことなく、爪先《つまさき》で地を踏み締めて歩くには最適の仕様なのだ。

そんな日《ひ》の本《もと》の履物の究極とも言うべき姿が、足半だった。

「有難う」

礼を述べた弥十郎は、さっそく足半を当ててみる。

十一文半の大足だけに、幅も広い。

こども用の草履を思わせる足半だが、横幅はぴったりと合っていた。

「伊織さんが編んでくれたのかい？」

感心している弥十郎に、伊織は頷いた。

「剣を取る身なれば、覚えておいたほうが良かろう。いずれ、そなたにも教える」

二人のやり取りを聞きながら、留蔵は苦笑を浮かべている。

弥十郎への苛立ちは、いつしか霧散《むさん》していた。

## 二十二

一夜明けた日本橋南詰に、早朝から一群の太夫と才蔵が集まってきている。

寛《くつろ》いだ様子の太夫たちに対し、磯吉らの顔には一様に、怯《おび》えの色が差していた。仲間の亀吉を無惨にも死に至らしめた下手人が何者なのか、疾うに察しているのだ。

それでも、訴え出るわけにはいかない。

権造の力が絶対と思い知らされた以上、もはや為す術は無かった。なればこそ鶴丸との約束を断腸の思いで破り、こうして日本橋を渡ってきたのだ。

晒場に放り棄てられた亀吉の亡骸は、すでに片付けられていた。

冬場とはいえ年明けに房総へ引き揚げるまで保《も》たせるわけにはいかないため、木賃宿の主人を通じて奉行所に手続きを取り、昨日のうちに荼毘《だび》に付した後だった。

斯様に打ち沈んだ心持ちで、明るい言祝ぎなど務められるものではあるまい。

才蔵市には、例年にも増して暗い雰囲気が漂っていた。

だが、それは権造一家にとっては、まったく与《あず》かり知らぬことだった。

世間知らずの太夫たちをごまかし、相方の員数さえ間に合わせてやれば、濡《ぬ》れ手で粟《あわ》となるからである。

「上手《うま》くいきやしたねぇ」

才蔵たちの頭数を勘定しながら、房吉がにやりと笑う。

「簡単なもんさ」

うそぶく権造の顔は、絶対の自信に満ちていた。

その傍らでは、原甚内が大《おお》あくびをしている。

亀吉の亡骸を晒場に打ち棄てた足で曖昧宿《あいまいやど》にしけこみ、ついさっきまで酒色《しゅしょく》にうつつを抜かしていたのだ。

無精髭を溜め込んだ浪人の顔に、悔悟《かいご》の色は微塵《みじん》も見当たらなかった。

二十三

朝日の差す日本橋を、二人の男が渡ってくる。

伊織は羊羹色の袷に黒羽織、弥十郎はいつもの手綱柄の袷に、木綿地の細い袴を穿いた常の装いだった。

明るい陽光の下で標的を仕掛けるのに、殊更に黒装束など着ける必要はない。ふだんと違うのはただひとつ、共に足半を履いている点だけであった。

「調子はどうだ？」

「悪くない」

答える弥十郎の足取りは、常にも増して軽い。六尺豊かな巨体は上下動することもなく橋《はし》桁《げた》を踏み、前へと進んでいた。

その様を横目に見ながら、伊織は小声で言った。

「……配下の二人は、そなたに任せるぞ」

「じゃ、伊織さんは」

「権造の始末は、私に付けさせてもらおうか」

「血気に逸《はや》っちゃ、うまくないぜ」

「安心せえ」

饅頭笠の下で浮かべかけた苦笑を引っ込め、伊織は囁《ささや》く。

「こたびの始末の仕上げには、良い思案があるのだ。ちと耳を貸せ」

肩を並べて歩きながら、弥十郎は伊織の言葉を聞き取る。

「……分かった」

一言告げて、足を速める。

先に立った若者の広い背中を、伊織は頼もしげに見送るのだった。

## 二十四

「そろそろ始めやすかい、親分……！」

言いかけた房吉の目に、見覚えのある若者の姿が飛び込んできた。

「どうしたい、房吉？」

不審そうに問うた権造に、いち早く答えたのは甚内だった。

「とんだ邪魔が入りそうだな」

「え」

「我らを虚仮《こけ》にした若造が、紛れ込んできおった」

すでに、甚内の眠気は覚めていた。

だらしなく落とし差しにしていた刀を抜き取り、袴紐《はかまひも》を潜らせて閂に帯び直す。

「誘っておるのであろう。ここはひとつ、乗ってやろうではないか」

「大丈夫《でえじょうぶ》ですかい、先生……」

不安そうな房吉の肩を、甚内は無言でどやしつける。

「行ってきな」

権造に一声命じられ、房吉はしぶしぶ甚内に従った。

二十五

日本橋南詰の一帯には、町人地が広がっている。

橋の袂にこそ高札場と晒場が設けられ、才蔵市が催されるような大路にもなっているのだが、ひとたび路地に入れば、表通りの喧噪は嘘のように静まり返る。

弥十郎を追いかけて路地に走り込んだところで、二人は相手の姿を見失った。

「己《おのれ》から誘い込むとは、つくづく大した自信だの」

つぶやく原甚内に、臆《おく》している様子は皆無だった。

先日の応酬では、本気を出すには至らなかった甚内である。

今度は短刀なり脇差なり、あの若者が町人の身で持ち歩くことのできる得物《えもの》を持参していたとしても、後れを取る不安はゆめゆめ無い。

後に付き従う房吉も、度胸を据えたらしい。

気絶させられたのは不意を突かれたまでのことと思えば、何ということもない。
懐の中で九寸五分《くすんごぶ》の柄を握り、房吉はぎらぎらした視線を前に向けている。
相手から姿を現せば、先んじて攻めかかる積もりなのだ。
と、甚内の足が止まった。
見れば、路地の出口近くにあの若者が立っている。
武器らしいものは、何ひとつ持っていない。完全な丸腰であった。
「野郎！」
迷わず、房吉は前に飛び出した。
腰だめに構えた短刀の切っ先は、弥十郎の土手《どて》っ腹《ぱら》を狙っていた。
ぎりぎりまで、弥十郎は避けようとはしなかった。
「死にやがれっ」
勢い込んで突っ込んでくる房吉に、ひたと視線を向けている。
両者が激突したかと思えた瞬間、鈍い音が二度聞こえた。
刃が肉を裂いたのではない。
骨を折り砕く、乾いた響きであった。
「ぐ……」

短刀を取り落としたのに続いて、房吉が倒れ込んだ。

見れば右肘《ひじ》が砕け、首が真横を向いている。

弥十郎が連続して放った、怒りの蹴撃を見舞われたのだ。

甚内が見込んだ通り、この若者は柔術《じゅうじゅつ》の殺し技を遣うのである。

乱世の合戦場における組み討ちの術から体系化された柔術の諸流派には、関節技だけでなく打撃技が少なからず含まれている。

何処の流派を修めたのかまでは判然としないものの、弥十郎がただ一撃の下《もと》に敵を絶命させる、恐るべき遣い手なのは明らかだった。

甚内が冷静さを欠いてしまったのも、無理はないだろう。

「おのれ」

歯がみしながら、甚内は鯉口《こいぐち》を切る。

剣客が刀の「鯉口を切る」とは、間を置くことなく抜刀《ばっとう》することを意味する。

ところが、剃刀刃を鞘から抜き放つには至らなかった。

いつの間に距離を縮めたのか、弥十郎はすぐ間近にまで迫っていたのだ。

それだけではない。

柄頭を押さえ込み、甚内の抜刀を阻んでいる。

刀は柄を握った右手だけではなく、左手で鞘を引くことによって鞘走らせる。

とはいえ、完全に右手の動きを阻まれていてはどうしようもなかった。

「くそっ」

甚内が刀の柄を離し、脇差に両手を掛けたのは妥当な判断だったと言えよう。

これほどの近間《ちかま》であれば、刀身が一尺（約三〇センチメートル）ばかりの脇差でも十分に相手に届く。

存分に鞘引きを効かせ、甚内は脇差を横一文字に抜き付ける。

しかし、必殺を期《き》した刃は空を斬っただけだった。

「む！」

甚内の左肩口が切り下げられたのは、ほんの一瞬後のことだった。

弥十郎の手に、鋭利な剃刀刃が握られている。

敵の差した刀を一挙動で奪う、それも瞬時に抜き放つとは尋常な腕ではない。

だが、それは甚内が自ら招いた敗北でもあった。

五体に叩き込んだ剣客の習性で、甚内は腰を真正面に向けていた。

そして、刀はといえば地面と並行に近い角度で、閂に差している。やすやすと弥十郎に抜き取られてしまったのも不思議ではない。

弥十郎は甚内の柄を握ったまま、後方へ大きく退いていた。それは斬り間《ま》、すなわち敵に斬撃を浴びせる間合いを作るための動作だった。

刀であれ、槍《やり》などの長柄《ながえ》武器であれ、近接しすぎた状態では思うように振るえない。ために弥十郎は左足から一歩退き、斬り間を確保したのである。

遅滞《ちたい》なく振りかぶり、存分に斬り下げた一刀は、甚内の上体を半ばまで断ち割っていた。

悪しき浪人は、血煙《ちけむり》を噴き上げて崩れ落ちていく。

血脂《ちあぶら》に染まった刀を放り棄て、弥十郎は踵《きびす》を返す。

路地の暗がりには、沈黙した外道どもの死骸だけが取り残された。

二十六

あたふたと、権造が路地に駆け入ってくる。

両腕と頼む配下の二人がいなくては、才蔵市の仕切りもままならない。いつになったら始めるのかと騒ぎ出した太夫たちをなだめて、自ら捜しに罷り越したのだ。

不幸なことに、入り込んだ路地は二人が斃《たお》されたのとは一本ずれていた。

気が急《せ》くのを抑えながら、権造は呼ばわる。

「先生っ！」

返事はない。

「房吉い！」

やはり、答える声など聞こえてはこない。

狼狽する男の背中を、物陰から見つめる者がいた。

「……………」

伊織の右手が、脇差の柄へと伸びていく。

そっと抜き取ったのは、馬針《ばしん》だった。

疲労した馬の脚を瀉血《しやけつ》するために用いられたことから呼称がついた馬針は、手裏剣術《しゆりけんじゆつ》の心得を持つ武士の隠し武器である。

ふつう、脇差の鞘に設けられた櫃《ひつ》には笄《こうがい》と小柄《こづか》を納めるが、尾羽打ち枯らした素浪人の身なりをした伊織は、いずれも疾うに売り払った後としか見えない。

まさか実戦仕様の馬針を、小柄に替えて差裏《さしうら》（刀・脇差の帯に密着する側）の櫃に忍ばせているとは、誰も思わないだろう。

伊織は、すっと右手を持ち上げた。

総鍛鉄製《そうたんてつ》の棒身が、朝日を浴びて光り輝く。

その煌《きら》めきに権造が気付く間もなく、馬針は放たれていた。

背後から打たれた刃が、外道の太い首筋にめり込む。

急所を狙い澄ましての一撃に、権造は声を上げることもできなかった。

二十七

取り残されたままの太夫たちが、不審そうに周囲を見回している。

そんな中、鶴丸は憔悴《しょうすい》した顔で板塀に寄りかかっていた。

と、その耳元で呼びかける声がした。

「鶴丸太夫だね」

「誰《たれ》か、そなたは!?」

「振り向かずに聞いてもらおう」

精悍な声色《こわいろ》には、有無を言わせぬ気迫が込められていた。

「これから何が起きても慌てずに、この場を収めてくれ」

「どういうことだ？」

「すぐに分かる。才蔵さんたちをまとめて、事に備えるんだ」

それだけ告げると、声の主は遠ざかっていく。

思わず振り向いた鶴丸が目にしたのは、六尺豊かな若者の背中だけであった。


半信半疑で鶴丸が走り、怯えきっていた磯吉たちに次第を聞かせ終わったとき。

伊織は権造の肩を支えて、路地を歩んでいた。

権造の太い首筋には、馬針が打ち込まれたままになっている。蒼白な顔になりながらも、外道の息はまだ絶えてはいなかった。

路地の出口が見えてきた。

「………」

伊織は馬針に手を伸ばし、抜き取る間際にぐっと深く刺し貫く。

とんと肩を突き、踵を返す。

そのまま、権造はよろめきながら前に進み、路地を抜けて、居並ぶ一同の前に出た。

角張った顔は遠目にも分かるほど、蒼白になっている。

「如何いたしたのだ、権造殿」

「ご気分でも、お悪いのか?」

口々に呼びかけられても、返事は無い。

と、権造の上体がよろめいた。

倒れ込んだ一角から、太夫たちの悲鳴が上がる。

「お騒ぎ召さるな、ご一同！」

すかさず、鶴丸が前に出た。

「お江戸の熱気に当てられての発作にござろう。大事はありますまい」

その一言で、才蔵たちのざわつきは鎮まった。

すかさず走り出てきた磯吉たちが、動かぬ権造を抱え上げた。

「鶴丸さん、あの者たちは？」

若い太夫が問うのに、鶴丸は満を持《じ》して答える。

「元締が選《え》りすぐりの才蔵の揃い踏みにござれば、ぜひ、直に目利きをしてくだされ」

「そんな、面倒な」

とたんに、若い太夫はぼやきかけた。

しかし、その声は、身を乗り出してきた中年の太夫に掻き消された。

「目利きをしても構わぬのか、鶴丸殿？」

「無論。それが本来の、才蔵市の有るべき姿にございますれば」

鶴丸の一言を合図に、太夫たちはどっと前に出た。

もとより、三年来権造に仕切られてきた才蔵市の仕組みを、すべての太夫が便利に思っていたわけではない。

年配の者ほど直に目利きし、自分の相方にふさわしい才蔵を探し出していた昔日《せきじつ》の市が好もしいと考えていたのである。

応じて、控えていた才蔵の一団も歩み寄る。

懐かしそうに言葉を交わしながら、太夫たちは相方の道化ぶりを見分《けんぶん》する。

こっけいなしぐさを見せる才蔵たちも、心から楽しそうにしていた。

「鶴丸さん……」

安堵した様子の鶴丸の背中に、磯吉がおずおずと呼びかけた。

「わっちに、亀吉父っつあんの代わりをさせてやっちゃもらえませんか」

「頼むぞ」

鶴丸は、精一杯の笑顔で答えるのだった。

「終わったな」

そんな光景を遠目に眺めやり、伊織は小声でつぶやく。きれいに血脂を拭った馬針は、すでに脇差の櫃に納められていた。

その隣では、弥十郎が無言でたたずんでいる。

二人の活躍により、悪は滅《めっ》された。

失われた亀吉の命は、もう還ってはこない。

しかし、あの老爺の心意気は、磯吉たちにしかと受け継がれたのだ。

太夫たちも、鶴丸の誠意で目を覚ましてくれた。

「これで、言祝ぎに明るさが戻って参るであろう」

「うん」

伊織の一言に、救われた想いのする弥十郎だった。

二十八

そして、年が明けた。

留蔵と弥十郎は、屠蘇《とそ》気分を味わう閑もなく辻番所の前に立ち、根津権現に押し寄せる人混みの整理に追われていた。

「ご苦労だねぇ、お二人さん」

「帰りに差し入れするからさ、もうひとふんばりだよ」

顔見知りの参拝客が、口々に声をかけていく。

初詣には子連れの者も多いが、どんなに混み合っていても、周囲がさりげなく気を配ってくれるので安心だ。

折しも、裏の長屋に住んでいる若夫婦が姿を見せた。

「ようやくお七夜《しちや》が済んだばかりだってぇのに、もう出歩いて大丈夫なのかえ？」

「おかげさんで、肥立ちもいいんでな。気の早《はえ》ぇ宮参りってとこよ」

留蔵に声をかけられた鳶《とび》職人の亭主が、嬉しそうに答える。

「見てやってくれよ、弥ぁさん」

「どれどれ」

若女房が抱いた赤ん坊の顔を覗き込み、弥十郎はしみじみした口調でつぶやく。

「こんなに小さいのに、もう二歳になるんだなぁ……」

正月が来れば誰もが一つ、年を取る。

数え年は誕生したときに一歳とするため、年の瀬に産声《うぶごえ》を上げたばかりでまだ生後一月に満たない赤ん坊でも、年明けは大人と同じに年を取るのだ。

門前の賑わいをよそに、おくるみに包まれた赤ん坊はぐっすりと眠りながら、ひとり笑いを浮かべている。

「可愛いなぁ」

思わず釣り込まれ、弥十郎は頬を緩めずにはいられない。

「本当に、弥ぁさんはこども好きなんだねぇ」

愛児の寝顔に微笑みながら、女房は言った。

警戒の色は、微塵も無い。

留蔵の許に身を寄せて以来、この若者はすっかり根津に溶け込んでいる。

弥十郎がこの土地で初めて迎えた正月は、界隈の住人たちにとっても例年になく、明るいものとなっていた。

それは根津界隈へ言祝ぎに廻ってきた、鶴丸と磯吉のおかげだった。

「鶴は千年の名鳥なり、亀は万歳のョ御寿命保つ。鶴にも勝れ亀にもます、今日この御家をば長者のしんと祝い栄えましッまする」

潑剌《はつらつ》と祝言を述べながら歌い舞う鶴丸に付き従い、磯吉はおどけた様子で小道具の鼓《つづみ》を弄《もてあそ》びつつ、見物の奥女中たちにしなだれかかっている。

きゃあきゃあ言いながらも、誰もが皆、嬉しそうだった。

抜けるような青空の下、新年の言祝ぎは明るく続く。

弥十郎は留蔵と連れ立ち、そんな光景を眺めやっていた。

美代を連れて初詣に来ていた伊織も、傍らで表情を綻《ほころ》ばせている。和《なご》やかな様子を、滝夜叉の佐吉は人混みの中から見つめていた。

「いつになく、景気のいい言祝ぎじゃねぇかい」

つぶやく佐吉の顔も、どことなく晴れやかだった。

それでも、弥十郎たちに声をかけようとはしない。

反目する留蔵と手を組み、御法で許されぬ悪党退治を請け負っている伊織と弥十郎を、このまま放置しておくつもりはなかった。

だが、のどかな正月ばかりは野暮な振舞いをしたくないのだ。

「今年こそは決着《けり》を付けさせてもらうぜ、若いの……」

不敵にうそぶき、佐吉は賑わう往来に背を向けるのであった。

三河万歳の伝統は、それからも末永く続いた。

天保年間に入ってから才蔵市は廃され、太夫は馴染みの才蔵と個別に約束を交わして毎年末、江戸の定宿《じょうやど》で合流する形になったという。

# 情けは他人《ひと》のためならず

## 一

二月も半《なか》ばを過ぎれば、そろそろ桜の開花が間近《まぢか》となってくる。

陽暦でいえば、三月下旬から四月上旬に当たる時期だ。しつこかった寒さも、日を追う毎《ごと》にやわらぎつつあった。

衣替《ころもが》えにはまだ早いが、冬物の綿入れや重ねを着ている者は、ほとんどいない。袷《あわせ》一枚でしのいでいても時折汗ばむほどの陽気に、江戸の人々は春の訪れを日々感じていた。

そんな明るい季節にも悪事は人知れず、絶えることなく打ち続く。

その悪事を探り出し、密《ひそ》かに始末を付けるのを飯《めし》の種《たね》にする者がいた。

紫煙《しえん》の漂う中、男は悠然とうそぶく。

「悪い奴ってのは、往生際が良くなくっちゃいけねぇぜ」

根津一帯を縄張りとする岡っ引き、滝夜叉の佐吉である。

くゆらせていたのは、愛用の喧嘩煙管《けんかぎせる》だ。

雁首《がんくび》と吸口《すいくち》のみならず、一尺《いっしゃく》（約三〇センチメートル）はあろうかという羅宇《らう》までが鋳鉄《ちゅうてつ》で造られた長大な代物《しろもの》を手にしていながら、些《いささ》かも重そうには感じさせない。

すべての所作《しょさ》が、余裕に満ちていた。

対面に座った三十男は、明らかにおびえている。

色白の整った造作《ぞうさく》には、見るからに不安そうな色が浮かんでいた。

商家の奥《おく》（住空間）と思《おぼ》しき座敷には、他には誰もいない。

昼下がりの縁側に差し込む陽光が、対照的な二人の横顔を照らしている。

かすかに開いた障子《しょうじ》の隙間《すきま》から、紫煙が漂い流れていく。

と、かちりという乾いた音が響いた。

三十男が、びくっとする。

佐吉は灰吹《はいふ》きに雁首を軽く打ち付け、火種《ひだね》を落としただけだった。

もとより、無頼漢が短刀代わりに持ち歩くことから喧嘩煙管と呼ばれる、総鉄製の物騒きわまりない代物である。ひとたび佐吉が怒り狂えば、小洒落《こじゃれ》た磁器《じき》の灰吹きなどは言うに及ばず、煙草盆《たばこぼん》ごと粉々に打ち砕いてしまうのも容易なことだろう。

「若旦那、いや、早太郎《はやたろう》さんよ」

灰吹きの火が消えているのを目の隅で確かめ、佐吉は視線を相手に向ける。

「大蔵屋《おおくらや》の娘さんへの嫌がらせ、ちょいと度が過ぎやしねえか」

喧嘩煙管を弄《もてあそ》びながらも、その表情は笑っていなかった。

「嫁取りの話がご破算になったのは、お前さんの度の過ぎた不行跡《ふぎょうせき》の所為《せい》なんだ。逆恨みして仕入れ先に手を回し、商売《しょうべえ》をやりにくくさせるたぁ、つくづく大人げねぇ話だな」

「佐吉親分……」

早太郎と呼ばれた三十男が、怯《おび》え切った顔で佐吉に問い返す。

「あたしに、どうしろって仰《おつしや》るんですか？」

「まずは、酒問屋《さかどんや》への締め付けを即刻解いてもらおう。その上で、この十日で大蔵屋さんに損をさせたぶんの、詫び料を積んでいただこうかね」

「……………」

「嫌だってんなら、出さなくてもいいぜ」

押し黙ったままの早太郎に、佐吉は淡々と言葉を続けた。

「そんときは、俺が調べ上げたお前さんの悪行を洗いざらい、お町《まち》（奉行所）の旦那に申し上げてよ、お白洲《しらす》で決着《けり》を付けるまでのこった……」

つぶやく佐吉の口調に、一切の気負いはない。

同じような悪事の始末を幾度となく経験してきていればこそ自《おの》ずと生じる自信が、苦み走った佐吉の顔に滲《にじ》み出ていた。

ついに観念した様子で、早太郎が口を開く。

「……いかほど、ご用意すれば良いのです」

「五十両」

「え」

思わず息を呑む早太郎に、佐吉は続けて言った。

「……と言いてぇとこだが、三十両にまけておこう。お父っつあんの大旦那に内緒でお前さんが用立てられるのは、せいぜいそのぐれぇだろうよ」

「………」

早太郎が、悔しげにうつむく。完全な貫禄《かんろく》負けだった。

話題に出ている大蔵屋は、このところ根津で人気の居酒屋だ。

安いだけが取り柄というだけの店ではなく、昼間は手の込んだ菜《さい》が三品も付いた定食を供し、昼夜の別を問わず二階座敷でちょっとした宴会まで催せるとなれば、評判を呼んだのも当然だろう。むろん、酒も手頃な値《あたい》で上物《じょうもの》を出してくれる。空《あ》き樽《だる》拾いを振り出しに升《ます》酒屋《ざかや》（立ち飲み屋）となり、苦労を重ねた末に店を構えるに至った、あるじの仁兵衛《にへえ》の人徳の賜物《たまもの》だった。

その大蔵屋の看板娘を嫁にと望んできたのが、この田丸屋《たまるや》早太郎なのだ。田丸屋は上野広小路の盛り場でも一、二を争う大きな料亭である。

よもや断られるはずはないだろうという早太郎の予想に反し、仁兵衛はきっぱりと拒絶してきた。吉原遊郭や諸方の岡場所に足繁《あししげ》く出入りするのはともかく、素人娘にまで手を出しての芳《かんば》しくない評判をかねてより聞き知っていた仁兵衛は、当の娘にもまったくその気が無いことを確かめた上で、玉《たま》の輿《こし》を決然と蹴ったのだ。

それを恨みに思った早太郎は、言うことを聞かねば取引きを停止すると言って仁兵衛と懇意の酒問屋に脅しをかけ、これまで大蔵屋が供していた上物の酒を仕入れることが一切できないようにしてしまった。

大蔵屋の本業は、酒肴《しゅこう》を供することである。

いかに昼間の定食の評判が変わらなくても肝心の酒の質が落ちてしまっては、客の足が遠ざかったのも必然であった。

困り果てた大蔵屋父娘《おやこ》の苦難を知って佐吉が乗り出したわけだが、一肌脱いだのは自分が縄張りとする根津界隈での揉《も》め事《ごと》だったことだけが理由ではない。

悪評の絶えない料亭の若旦那を懲《こ》らしめ、首尾よく大枚を巻き上げられれば、これほど痛快な話はあるまい。

御法《ごほう》の下《もと》での仕置《しおき》（処刑）ばかりに拘泥《こうでい》せず、悪党を痛めつけて金にすることを無上の喜びとする岡っ引き。

滝夜叉の佐吉とは、そういう男だった。

二

佐吉が、意気揚々と本郷の大路《おおじ》を歩いてくる。

田丸屋の早太郎から、首尾良く三十両を巻き上げての帰り道だった。

薬種《やくしゅ》問屋が軒《のき》を連《つら》ねている、といった印象のある本郷界隈だが、当然ながら地元の人々の日々の暮らしに必要な品を商う店も、歴《れっき》として存在する。

どこの商業地にも当てはまることだが、遠方から特殊な品を仕入れに来る客ばかりが店々を潤《うるお》しているわけではないのだ。

折しも佐吉が差しかかったのは一丁目の角にある、蜊店横町《あさりだなよこちょう》と呼ばれる小路《こうじ》だった。日本橋北詰の魚河岸から仕入れてきた貝類を商う、小さいながらも活気に満ちた露店街の店先には、大振りの蛤《はまぐり》が並んでいる。

江戸湾口を挟んで対岸に位置する品川《しながわ》・深川《ふかがわ》の浜が仲良く潮干狩《しおひが》りで賑わう、三月上旬の大潮《おおしお》の日にはまだ早い。

しかし、貝たちが産卵を前にした時期よりも、三月三日の節句前のほうがむしろ美味だということを、江戸の庶民はよく知っている。

その場でむき身にしてもらって持ち帰る客が多いらしく、店先に置かれた桶《おけ》には光沢のある殻《から》が山盛りにされていた。

「…………」

佐吉の精悍《せいかん》な横顔に、ふっと笑みが浮かぶ。

潮の香りに、郷愁を誘われたのである。

幼いときに双親《ふたおや》と連れ立って出かけた、潮干狩りの光景を佐吉は思い出していた。

「ばかに機嫌が良さそうだな、滝夜叉の」

塩辛声《しおからごえ》で呼びかけられ、佐吉の郷愁は不意に断たれた。

毒づいてきたのは、辻番所の留蔵だった。

見れば、小脇に笊《ざる》を抱えている。

よく使い込まれた笊には、殻付きの蛤が五つ入っていた。例によって一晩じっくり砂を吐かせ、潮汁《うしおじる》にでも仕立てる積もりなのだろう。

むろん、どの店でも市場から仕入れてきた貝をそのまま売るわけではなく、薄い塩水を張った桶に庖丁《ほうちょう》か鉄箸《かなばし》を立てておいて一刻《いっとき》（約二時間）ばかり、ざっと砂吐きを済ませてある。殻付きのまま購《あがな》うのはよほど神経質な者か、殻の出汁《だし》までとことん味わいたい食通といったところだ。留蔵の場合は、後者だった。

この老爺《ろうや》のこまめなご飯拵《はんごしら》えぶりを、界隈で知らない者はいない。辻番所に日がな一日詰めているばかりでは、気が滅入《めい》る。ために留蔵は弥十郎に留守番を頼み、昼下がりに本郷の露店へ出向いては夕餉《ゆうげ》の食材を仕入れてくることを日課にしているのだ。

「元気そうだな、爺さん」

「爺さんは止しなって、いつも言っているだろうが」

佐吉の呼びかけに、留蔵はにこりともしなかった。

馴《な》れ合う積もりなど、毛頭ないらしい。

「お前にゃ、この界隈に用は無《ね》ぇはずだぜ」

「放っときな」

佐吉は、苦笑まじりに言い返す。

こちらが優しい気持ちになっているときに、相手が必ずしも同じ心境とは限らないものである。顔を合わせれば決まって憎まれ口を叩き合うというのが、やはり今の二人の間柄にはふさわしいようだった。

「とっとと行きねぇ。俺も、年寄りと往来で無駄口をきいていられるほど閑《ひま》じゃねぇんでな」

「ったく、口の減らねぇ野郎だ」

ぶつくさと言いながら、留蔵が遠ざかっていく。

その背中を無言で見送った佐吉は、すっと路地《ろじ》に入った。

真っ直ぐ家路《いえじ》を辿《たど》らずに、何処《どこ》へ立ち寄る積もりなのだろうか。

理由は、すぐに知れた。

三

路地に一歩入れば、露店街の喧噪《けんそう》も遠くなる。

尾《つ》けている者たちにしてみれば、絶好の機会であった。

佐吉は、すべてを承知していた。

「もういいぜ。出てきねぇ」

背を向けたままの呼びかけに応じて、三人の若い男が物陰から走り出てきた。

いずれも着流しの裾《すそ》を捲《まく》り上げ、鋭い眼光を浮かべている。盛り場をうろつく遊び人の類《たぐ》いだった。

「田丸屋の早太郎に頼まれて、日頃の義理で引き受けた……ってところかい」

何ひとつ答えようとはせず、右手を懐中に差し入れた男たちは、じりじりと包囲の環《わ》を狭《せば》めていく。

佐吉の表情は変わらない。

のみならず、口元には余裕の笑みさえ浮かべていた
「ヤサ（住処《すみか》）に近くなって油断したところをぶっすりって魂胆《こんたん》だろうが、生憎《あいにく》だったな」

向き直ったときにはもう、佐吉の右手には喧嘩煙管が握られていた。

「野郎！」

九寸五分《くすんごぶ》を腰だめに構え、一人の男が突きかかってきた。

佐吉は、無言で体《たい》をかわす。

目標を見失った刹那《せつな》、男の目の前に火花が散った。

打ち下ろした煙管をさっと引き戻し、佐吉は二人目に向き直る。短刀《たんとう》を受け止めるまでもなく、先んじて攻め込んだのだ。

他の岡っ引きとは違って、佐吉は腹掛《はらが》けも股引《ももひき》も着けない。雪駄履《せったば》きで結城紬《ゆうきつむぎ》の着流しに滝縞柄《たきしまがら》の羽織《はおり》を重ね、髷《まげ》をたばねに結《ゆ》った装いは、一見すると襲ってきた無頼漢たちとさほど変わらない。

事実、かつて佐吉は無職渡世《ぶしょくとせい》の世界に身を置いていた時期がある。留蔵とは、その頃に義兄弟の契《ちぎ》りを結んだ仲だった。

しかし、今の佐吉には何の寄る辺《よるべ》も無いし、仁義《じんぎ》を切る相手もいない。

こうして危機に見舞われても、頼れるのは己独《おのれひと》りだけである。

(それでいいのよ)

二人目の襲撃者に煙管を振り下ろしながら、佐吉はふっと自嘲《じちょう》の笑みを浮かべた。

(なまじ仲間なんぞを持てば、思い切りが悪くなるってもんだ)

首筋を軽く打たれて転がった仲間を、三人目の男が慌てて抱き起こす。

最初に突きかかってきた男はと見れば、取り落とした短刀を拾い上げ、すでに逃げ腰になっていた。

すかさず、佐吉は言い放った。

「俺なら、いつでも相手になってやるぜ。ただし、大蔵屋の旦那さんとおなみちゃんに手を出したら承知しねぇ……」

睨《ね》め付《つ》けられた三人の顔に、等しく恐怖の色が浮かぶ。

「得心《とくしん》したら、とっとと行っちまいな」

駈け去る男たちの足音を聞きながら、佐吉は喧嘩煙管を帯前《おびまえ》に戻す。

十手《じって》は後ろ腰に差したまま、手を触れようともしなかった。

四

四半刻《しはんとき》（約三十分）後。

佐吉は、根津・宮永町《みやながちょう》の大蔵屋を訪ねていた。

堀を挟んで門前町の対面に位置する宮永町は、盛り場の喧噪と程よい距離感が保たれている一角だった。始終騒がしいということがない代わりに、登楼《とうろう》する前の腹拵えにと立ち寄ってくれる遊客《ゆうきゃく》は数多い。

色街《いろまち》の近くに美味い酒食を供する店があるのは、いつの世も変わらない。大蔵屋は根津の岡場所に足を運ぶ男たちにとっても、地元で暮らす人々にとっても等しく愛される貴重な一軒であった。

「片《かた》は付きやした」

「何とお礼を申しまして良いやら……」

恐縮した様子で、飯台《はんだい》に着きそうなほど頭を下げたのは、あるじの仁兵衛である。

見るからに温厚そうな初老の主人の前では、どの客も度を越すことなく、行儀良く酒と飯を楽しんで帰る。掛け値なしに旨《うま》いものを手頃な値と真心で供してくれる、人徳ゆえのことだった。

まだ夜の口開けには間があったが支度はとどこおりなく調《ととの》えられ、呑《の》んだ後に腹拵えをしたいという客のために、大釜《おおがま》にはたっぷりと飯が炊かれている。

いかに客足が減ったとはいえ、夜に訪れても暖かい飯と味噌汁を口にすることができるのを楽しみにしてくれている、常連客の期待を裏切ってはいけない。それが商売人としての仁兵衛の信条であった。

そんな男のためだからこそ、佐吉は一肌脱ぐ気にもなったのだ。

夕方の冷え込みをよそに、広い土間には暖かな空気が立ちこめていた。

「さ」

ようやく頭を上げてくれた仁兵衛の前に、佐吉はそっと袱紗包《ふくさづつ》みを差し出した。

中には田丸屋の早太郎から巻き上げてきた、二十五両の切り餅がくるんである。

一分金《いちぶきん》を百枚梱包《こんぽう》した切り餅は現金取引き用の、後世でいえば札束に相当する。庶民の日々の暮らしには、縁のない単位の金であった。

「この十日で損なわれた実入りの足しにしちゃ少ねぇでしょうが、もう二度と妙な真似はしねぇって早太郎の約定《やくじょう》代《が》わりに、気持ちよく納めておくんなせぇ」

「多すぎますよ、親分さん」

田丸屋の刻印が打たれた切り餅を、仁兵衛は慌てて破ろうとする。

「お止めなせえ、旦那。もうすぐ口開けだってぇのに、慌てて黄金《こがね》の店開きをなさることもありますまい。それにあっしの取り分は、別に納めさせてもらっておりやす」

「よろしいのですか?」

「もちろんでさ」

仁兵衛の当惑をやわらげるために、佐吉は微笑みながら告げるのだった。

「悪いことは、早くお忘れなせえ。一日も早く客足が戻るように、及ばずながらあっしも同業の連中に広目《ひろめ》(宣伝)しておきやしょう」

そこに、湯気の立つ盆を手にした娘が近寄ってきた。

板場《いたば》で仕込みの食材が足りているかどうかを確認しながら、話が一段落するのを待っていたのである。

大切な客を招いての会話のときには急《せ》いて茶菓《さか》を供するよりも、むしろ間《ま》を空けたほうが喜ばれる。娘は、そのあたりの呼吸を十分に心得ていた。

年の頃は十七、八歳。

身の丈《たけ》は並みだが、上体が伸びやかなので背が高く見える。それでいて腰と胸は豊かに張り出しており、健やかな色香を全身に漂わせている。

大蔵屋の看板娘、おなみである。

仁兵衛の亡き女房に瓜二つ《うりふた》の、界隈でも評判の小町娘《こまちむすめ》だった。

「なみ、お前からも親分さんにお礼を申し上げなさい」

「はい……」

父の仁兵衛に促され、おなみはそっと飯台の前に立つ。佐吉のぶんから先に湯呑みを置く手付きは、控えめながらも浮き浮きとしていた。

塗り盆を胸に抱えて、娘は恥ずかしそうに一礼する。

「親分さん、ありがとうございます」

「どうってことはありやせん」

答える佐吉におなみはもう一度、ぴょこんと頭を下げる。

「悪い虫も多くて大変でしょうが、お父っつあんを助けて商売にお励みなせえ」

「はいっ」

照れる娘の横顔は、華やかな笑みに満ち満ちていた。

## 五

「おい、滝夜叉の」

表に出た佐吉に、剣呑な男たちが声をかけてきた。

先程、本郷で襲ってきた無頼漢ではない。

長着《ながぎ》の下にお定《さだ》まりの股引を着けた岡っ引きと、その配下だった。

毘沙門《びしゃもん》の新次《しんじ》、四十五歳。

上野広小路の盛り場を縄張りとする、古株の岡っ引きだ。

身の丈は五尺五寸（約一六五センチメートル）ばかり。同世代の男たちの中では、抜きん出て上背《うわぜい》があるほうだろう。胴回りも程よく太く、見るからに貫禄が備わっていた。

目鼻立ちもごつく、高い鼻梁《びりょう》にぎらぎらと脂が浮いている。

「相変わらず、羽振りが良さそうだな」

そう言ってくる新次の長着は、上物の結城御召《ゆうきおめし》だ。股引も安手《やすで》の浅葱木綿《あさぎもめん》などではなく縮緬《ちりめん》の極上品であった。

御召の上には、羽二重《はぶたえ》の黒羽織を重ねている。

長めに仕立てられた羽織の裾に隠れていて見えないが、十手は佐吉と同様に、後ろ腰に挟《はさ》み込んでいるらしい。

「とんでもござんせん」

答える佐吉の態度は、あくまでも殊勝《しゅしょう》である。

しかし、切れ長の双眸には醒《さ》めた色が浮かんでいた。

胸の内では、唾棄《だき》するほどに相手のことを嫌い抜いているのだ。

「蛎店横町の裏んとこで、ひと暴れしたらしいな」

「お耳の早いことですね」

「お前さんの噂は、すぐに耳へ入れられるように心がけているんでな」

「そいつぁ、光栄なこって……」

さらりと受け流した佐吉は、何げない口調で切り返す。

「さっき、あっしを襲ってきた連中ですがね。どことなく、親分んとこの下っ引きに似ておりやした」

「そうなのかえ」

にやりとしながら、新次はうそぶく。

「俺んとこにゃ、寄る辺のねぇ若い衆《し》がいろいろ出入りしているんでな。目が行き届かずに先走る奴が、二人や三人はいるかもしれねぇ。何しろ、どいつもこいつも若え頃《わけ》のお前さん顔負けに、血の気が多いもんでなぁ」

「頼もしくて、結構なことじゃねぇですかい」

薄く笑い返した佐吉に、それまで大人しくしていた配下が食ってかかってきた。

「親分に失礼じゃねぇかい、佐吉！」

佐吉と同世代の、見るからに狷介《けんかい》そうな男だった。

新次よりも一寸（約三センチメートル）ばかり上背があり、四肢《しし》も太く逞《たくま》しい。

「俺らの身内がいつ、てめぇに喧嘩《ごろ》をまいたってんでぇ？　妙な言いがかりをつけやがると承知しねぇぞっ」

右腰に落とし差しにした房《ふさ》なし十手を抜かんばかりの勢いで、幅広い肩を怒らせる男の名は紋太《もんた》、三十五歳。毘沙門の新次に仕える、一の子分だ。

七年前に下っ引きとなるまでは数十人もの無頼漢を率い、上野の盛り場で暴れていた男だった。

　佐吉は相手にすることなく、黙って見返したのみである。

　これで格の違いを思い知ってくれれば可愛いげもあろうが、紋太は臆することなく前に踏み出そうとする。

「黙りな、紋太」

　すかさず叱咤《しった》した新次に佐吉は形ばかり、ちょいと頭を下げてみせる。

「それじゃ、ごめんなすって」

　去っていく佐吉の背中を、紋太は苛立たしげに見送るしかなかった。

「相変わらず、鼻持ちならねぇ野郎ですぜ……」

「放っときな」

　一方の新次は、余裕の態度を崩さない。

「ですが、親分」

「どっちみち、あの野郎は明日で仕舞《しめ》えになるんだ。今夜ぐれぇは、いい気分でいさせてやろうぜ」

　うそぶく新次の横顔には、邪悪な笑みが浮かんでいる。

　自信を裏付けるかのように、帯前に差した得物《えもの》が黒い光を放っている。

鍛鉄製《たんてつ》で、全長はおよそ一尺五寸（約四五センチメートル）。

八角形の棒身《ぼうしん》は十手によく似ているが、鉄鉤《てつかぎ》らしきものは付いておらず、握柄《にぎりえ》にも藤蔓《ふじづる》などは巻かれていない。握りの端に猪《い》の目（ハート）形の環《かん》が装着され、手貫紐《てぬきひも》が結んであるだけで、何の装飾も無い鉄棒だ。

それは萎《なえ》しと呼ばれる、捕物用の武具《ぶぐ》だった。

十手と喧嘩煙管を愛用する佐吉と同様に、この男も二刀流《にとうりゅう》の遣《つか》い手なのである。

毘沙門の新次。

不敵な面構《つらがま》えの岡っ引きの出現は、忌まわしい事件の幕開けであった。

六

根津権現の門前町に紅灯《こうとう》が点《とも》る頃、辻番所では留蔵と弥十郎は夕飯時を迎えていた。

「煙《けむ》いなぁ」

「爺さん、何とかならねぇのかい！」

番所の前を行き交う遊客が、口々に文句を言っていくのも無理はない。

「すまねぇなあ」

謝る留蔵も、あまりの煙たさに目をしばたたかせている。

式台《しきだい》に置いた七輪《しちりん》からは、呆《あき》れるほどの煙が立ち上っていた。

今夜の献立は蛤と一緒に本郷の肴店《さかなだな》で仕入れてきた、さし鯖《さば》だった。

二枚に下ろして塩干しにされた鯖は、再び重ねた姿で売られている。

秋の味覚として親孝行な者が双親に食べさせる慣習があるが、留蔵が自分の稼いだ銭《ぜに》で好きなだけ、さし鯖を購えるようになる頃にはもう、上州の家族は散り散りになった後であった。

江戸に出てきて四十余年、留蔵は大の好物を独りでしか食べたことがない。

このまま家族と呼べるものを持つことのないままに死んでいくと諦めていた矢先に、出会ったのが弥十郎だったのだ。

以前にも増して、ご飯拵えに手間暇をかけたくなってきたのも当然だろう。

しかし、所詮《しょせん》は男の料理である。

二枚下ろしの塩鯖を焼き、輪切りの葱《ねぎ》をさっと煮立てた根深汁《ねぶかじる》に有り合わせの漬け物があれば、十分なご馳走という感覚だった。

もとより、弥十郎に文句などありはしない。

今や父親とも思う老爺の手料理を堪能しながら、四季を健《すこ》やかに過ごしていた。

こんがりと焼き上がった鯖は半身ずつ、皿に取り分けられた。

「待たせちまったな、弥の字」

皿を両手に、留蔵が畳の間に入ってくる。

留蔵が焼き物にかかりきりになっている間に、弥十郎は二人ぶんの膳《ぜん》の支度を済ませておいてくれていた。

飯と汁は、いま注《つ》がれたばかりである。

飯は朝に近所の煮売屋《にうりや》で炊き出してもらった残りの冷や飯だが、旬の長葱をたっぷりと刻み込んだ味噌汁は、香ばしい湯気を立てている。

「今日、本郷で佐吉に出くわしたぜ」

「親分、元気そうだったかい」

「まぁな」

答える留蔵の表情は、見るからに不機嫌そうである。

ならば話題に持ち出さなければ良いだろうに、やはり気になるらしい。かつての弟分であればこそ、二人の間に生じた溝は余計に深く、埋め難《がた》いようだった。

「ったく、いけすかねぇ野郎さ」

食膳に就くなり湯呑みを取り、酒を注ぎながら留蔵は毒づく。

「そうかなあ」

塩鯖に伸ばしかけた箸を止めて、弥十郎はつぶやいた。

「俺には、そう悪い奴とは思えないけどな」

「弥の字、お前……」

思わず、留蔵は湯呑みを取り落としそうになる。

「あいつぁ、俺たちを潰そうとしているんだぜ？　何を……」

「声がでかいよ、おやっさん」

「す、すまねぇ」

弥十郎に諭《さと》され、留蔵は慌てて声を低める。

辻番所の腰高障子《こしだかしょうじ》は、常に開け放しておかなくてはならない。

勝手に自炊したり酒杯《しゅはい》を傾けるぐらいは大目に見てもらえても、裏の仕事に拘《かか》わる話を交《か》わしているのを町同心にでも聞き咎《とが》められれば、無事では済むまい。この場にはいない仲間の田部伊織を含め、三人揃って獄門台《ごくもんだい》に首を晒《さら》される羽目になるのは必定《ひつじょう》だった。

留蔵が辻番所に寄せられる江戸市中の庶民たちの声なき声を聞き届け、弥十郎と伊織が悪人を密かに退治している事実を、滝夜叉の佐吉は知っている。

ゆめゆめ、油断できる相手ではない。

その佐吉もまた、岡っ引きとして十手を握っていながら悪党を痛めつける裏稼ぎをする身であった。立場こそ違えど、留蔵一党とは同業なのである。

昔馴染みの留蔵が、伊織に加えて弥十郎という強力な手駒《てごま》を得たことを、佐吉は面白く思っていない。負けず劣らず弥十郎の腕に惚れ込み、仲間に欲しがっているからだ。

そんな佐吉の本音を知っているからこそ、留蔵は相手を許せずにいた。

弥十郎を単なる仲間というだけではなく、実の息子以上に想って止まないが故の嫉妬《しっと》と言ってもいいだろう。

かかる留蔵の本音を知ってか知らずか、弥十郎は黙々と飯に集中する。

旺盛《おうせい》な食欲は、ふだんとまったく変わらない。

しかし、茶碗酒を舐《な》めながらも留蔵の胸中は不安で一杯だった。

自分の気付かぬうちに、弥十郎は佐吉に心移りしつつあるのではないだろうか——

「お代わり」

「あ、ああ……」

差し出された碗を受け取る手付きも、明らかにぎこちない。

留蔵の不安をよそに、根津の夜は更けていった。

## 七

五つ半（午後九時）を過ぎれば、岡場所の喧噪もさすがに一段落つく。

見回りを終えた滝夜叉の佐吉は、遅い夕餉を摂ろうと馴染みの店に足を向けた。

大蔵屋ではない。根津門前町の一角に位置する、小さな飲み屋だった。

軒先《のきさき》に掛けられた行燈《あんどん》に『あがりや』という屋号《やごう》が見える。

目立つ縄暖簾《なわのれん》を掛けていないために大抵の遊客は気付かずに、あるいは簡素な造りから間に合わせの酒肴《しゅこう》しか出さないような店と思い込んで敬遠してしまうのだが、ここは門前町でも隠れた名店のひとつであった。


「あら、吉《きっ》ちゃん！」

迎えてくれたのは、三十路《みそじ》と思《おぼ》しき女将《おかみ》だった。

白い歯を見せながらの微笑みに、佐吉の相好《そうごう》がふっと緩む。

「元気だったかい、お峰《みね》」

「おかげさんでね」

疲れも見せず、女将は明るい声で答えてくれる。

お峰、三十三歳。

今年三十四になった佐吉とは根津の同じ長屋で育った、幼馴染みだ。

一言挨拶を交わすだけで、こちらの気持ちまで晴れやかにさせてくれる。お峰はそんな女だった。

張りのある、肉置《ししお》きの豊かな四肢に粋な棒縞柄《ぼうじまがら》の袷が映えている。客商売向けの派手な装いをしていても、まったく下品には見えない。くっきりとした目鼻立ちも化粧《けわい》で造ったものではなく、生まれついての天然自然なものであった。

「お見回り、ご苦労様」

飯台の隅に就いた佐吉の前に、お峰がちろりと杯を運んできてくれた。

「忙しいの？」

「まぁ、相変わらずさ」

軽く答えながら、佐吉は酒器《しゅき》を受け取った。

「ゆっくりしていってね」

そそくさと、お峰は板場へ戻っていく。

愛想がないと思われるかもしれないが、この時代、庶民向けの居酒屋には客にいちいち酌《しゃく》をする習慣が無かった。

居酒屋とは、酒と飯を手頃な値で供する店以外の何物でもない。美々《びび》しく着飾った仲居《なかい》を抱えているような、料理茶屋《ぢゃや》とは違うのだ。

飲み屋のあるじといえば無愛想な老爺というのが相場であり、酒も料理も無くなれば客が立ち上がり、板場の前まで自分で取りに行くのが当たり前とされていた。内装も素っ気なく、薄暗いのがふつうだった。

その点、お峰の『あがりや』は良心的と言えるだろう。

酒の燗《かん》から肴の支度まで、すべてを一人で切り盛りしているにも拘わらず、注文した品は彼女が手《て》ずから席まで運んでくれる。

内装もそこそこ凝っており、土間《どま》に置かれた二つの菰樽《こもだる》の蓋《ふた》にさりげなく四季折々の花があしらわれているあたりも、女主人が営む店らしくて小粋《こいき》だった。

盛りを過ぎた梅《うめ》に代わって、今は白い桃《もも》の花が菰樽を彩っている。晦日《みそか》には鏡《かがみ》開きして客に無料で振る舞われる、お楽しみの備えでもあった。

そこはかとなく漂ってくる桃の香りを感じながら、佐吉は黙然《もくねん》と杯を傾ける。

やがて、肴が運ばれてきた。

蛤の酒蒸《さかむ》しと、さし鯖の酒びたしだ。

殊更に酒肴には注文を付けない佐吉だが、お峰は彼の好みを知り抜いている。

とりわけ、さし鯖の身を裂いて生姜《しょうが》と栗《くり》を添え、酒びたしにした小鉢は、十代半ばで酒の味を覚えて以来の大好物のはずだった。

ところが、佐吉はほとんど箸を付けようとはしなかった。

「元気ないじゃないの、吉ちゃん」

「疲れが出たらしいや。どうにもいけねぇ」

ちろりを億劫《おっくう》そうに傾けながら、佐吉は苦笑する。

斯様《かよう》な顔を見せることができるのも、相手が幼馴染みだからこそだった。

他の客たちが引き揚げた頃、二合《にごう》入りのちろりを半分も残したまま、佐吉は飯台に突っ伏していた。

「眠っちまったのかい……」

寝息を聞き取ったお峰は、ふっと優しい笑みを浮かべる。

佐吉が目を覚ます様子はない。

戻ってきたときには、お峰はねんねこ半纏《はんてん》を抱えていた。

おぶった赤ん坊の体を冷やさないように着込む半纏は、祖母の代から着古した絣《かすり》の小袖《こそで》を仕立て直した、ふだん使いの品だった。

二月も半ばを過ぎれば、冷え込みはやわらぎつつある。このまま土間で寝かせておいても風邪を引く心配はないだろう。

お峰はそっと板場に戻り、竈《かまど》の火を落としてきた。

飯台に残されたままの蛤とさし鯖を肴に、独酌《どくしゃく》を楽しもうというのだ。

佐吉の使った箸で肴をつまみながら、お峰は一合の燗ざましをゆっくりと味わう。

箸洗い代わりに口にしたのは、冷めてしまった酒蒸しの汁である。

唇を貝殻の縁に当てがい、濃厚な貝の出汁をごくりと飲み干す。

張りのある朱唇《しゅしん》の蠢《うごめ》く様《さま》が、どことなく色っぽい。

「ったく、朴念仁《ぼくねんじん》なんだから……」

ぼやきながらも、女の横顔は満ち足りている様子だった。

## 八

その頃。

大蔵屋仁兵衛は、深川・堀川町《ほりかわちょう》の小さな船宿《ふなやど》に呼び出されていた。

「………」

実直そのものの男の横顔には、どことなく不安そうな色が浮かんでいる。

「足を崩してゆっくりしねぇ、大蔵屋」

仁兵衛の前に座していたのは、毘沙門の新次だった。

「今夜は貸し切りにしてもらっているんでな。気遣《きづけ》えは要《い》らねぇぜ」

「………」

こちらも、すでに店じまいは済ませた後である。

娘のおなみには入念に戸締まりをするように言いつけてあったし、佐吉のおかげでもう心配の種は無くなっていた。

しかし、その佐吉の名を騙《かた》って自分を呼び出したのが、実は上野界隈で名うての鬼親分だったとなれば、緊張するなと言うほうが無理であろう。

それでも、帰るわけにはいかない。

毘沙門の新次にひとたび睨《にら》まれれば、商売は立ち行かなくなる。

ひとまず新次の用向きに耳を傾け、その上で明日にでも佐吉に相談しようと仁兵衛は腹を括《くく》っていた。

船宿の狭い二階座敷に、気分を和らげてくれる要素は何もない。

あらかじめ仕出しを頼んでおいたらしく、座敷には膳が用意されていたが、箸を付ける気にもなれなかった。

日がな一日の立ち仕事で、腹は背中にくっつきそうなほど空いている。店じまいをしたらすぐ罷《まか》り越すようにと呼び出しを受けたため、おなみが拵えてくれた賄《まかな》いの品川飯《めし》を口にする閑《ひま》も無かったからである。

むろん、饗応《きょうおう》を無下にするのは非礼なことと承知してはいる。しかし、皮の柔らかい穴蝦蛄《あなしゃこ》を丸のまま酒と生醤油《きじょうゆ》で煮付け、暖かい飯に載せて掻《か》っ込む醍醐味《だいごみ》に比べれば、ありきたりの仕出し膳は何とも味気なさそうにしか見えない。

「まぁ、そう堅くなりなさんな」

鷹揚《おうよう》に告げながら、新次はちろりを取る。

「結構にございます」

仁兵衛は、揃えた膝を崩そうともしない。

「好きにしねぇ」

苦笑を漏らすと、新次は手酌《てじゃく》で杯を満たした。

とかく悪評の絶えない岡っ引きを前にして、仁兵衛は不安な面持ちを隠せない。二階座敷には、新次の他には誰もいなかった。いつも連れ歩いている子分衆は何処に姿を消したものか、まったく気配を感じさせない。

「時に、大蔵屋」

一息で空けた杯を箱膳に置くと、新次はおもむろに用件を切り出した。

「お前《めえ》さん、滝夜叉の佐吉と懇意にしているそうだな」

「はい。それが何か」

「野郎が田丸屋に脅しをかけたことは、疾《と》うに調べが付いているぜ。お前さんの差し金だってぇのもな」

「………」

「待ちな」

腰を浮かせかけた仁兵衛に、鋭い一言が飛ぶ。

「人様の話は、仕舞いまで聞くのが礼儀ってもんだぜ?」

こう言われては、席を蹴るわけにはいくまい。

硬い表情で座り直した仁兵衛に、新次は続けて言った。

「佐吉の野郎は、礼金を納めたのかい」

「親分に申し上げる必要はありますまい」

「ま、念を押すまでもねぇこったがな……」

強気に応じた仁兵衛に、新次は薄く嗤《わら》ってみせる。

「あちこちのお店《たな》の揉め事に首を突っ込んでは詫び料をせしめて、上前《うわまえ》を刎《は》ねるのが野郎の裏稼ぎだ。どこまでも、薄汚え野郎だよ」

「佐吉親分は立派なお方ですよ」

どこまでも毅然《きぜん》とした態度で、仁兵衛は言った。

「そう思いたいってんなら、勝手にしな」

対する新次は、一向に動じていない。

鷹揚な態度は鳴りを潜め、ふてぶてしい笑みを口の端《は》に浮かべていた。

「何でも、佐吉は田丸屋から三十両もふんだくったそうだ」

「どうしてご存じなのですか」

「さてな」

仁兵衛の問いかけに、新次は嗤いを返したのみである。

「どうせ、あの馬鹿旦那に頼まれなすったのでしょう……」

温厚な仁兵衛が溜め息をついたのも、当然だろう。

三十両という金額は、たった今聞かされたものである。

佐吉も口にしなかった額を知っているということは、新次は早太郎の意を汲み、この場にやってきたに違いあるまい。

嫁取りを断られたのを逆恨みして嫌がらせをしたばかりか、いったん差し出した詫び料を惜しんで毟っ引きに助勢を頼むとは、つくづく呆れ果てた話だった。

早太郎の性根は腐りきっている。

もしも仁兵衛が田丸屋の身代《しんだい》に目が眩《くら》み、娘を嫁に出していれば、おなみはどのような目に遭わされていたことか。

それを考えると今更ながら、身震いがする思いだった。

無欲な性分に生まれついたことを、仁兵衛は亡き双親に感謝せずにはいられない。

ともあれ、あのような卑劣漢とは一刻も早く、縁を絶たねばなるまい。

「よろしい」

仁兵衛は、きっと顔を上げた。

「この場にはございませんが、明日の晩にでも手前《てまえ》の店までお出《い》でくださいまし。謹《つつし》んで金《きん》三十両、お返し申し上げます」

「本気かえ、大蔵屋?」

新次が気色《けしき》ばんだ。

「佐吉に幾らふんだくられたかは知らねぇが、そのぶんまで上乗せしようってのか」

「当たり前ですよ」

今や、仁兵衛から不安げな態度は霧散《むさん》していた。

実直そうな造作には、不敵な微笑みさえ浮かんでいる。

己の、そして大切な身内の尊厳を守るためならば、如何様《いかよう》にも強気に振る舞える。

大蔵屋仁兵衛とは、そういう男であった。

「あの親分さんのお志《こころざし》に応《こた》えるためでしたら、喜んで都合しましょう」

「落ち着きなよ」

対する新次は、鷹揚な口調に戻っていた。

脅しつけるような態度を引っ込めて、何をしようというのか。

その真意は、すぐに知れた。

「お前さんにこう出られちゃ、段取りが狂っちまうんだよ」

「何ですって」

「滝夜叉の佐吉は礼金に不服を申し立て、割り増しを拒んだ大蔵屋のあるじを得意の手口で殺す。そして俺様にお縄を頂戴し、土壇場《どたんば》送りになるって寸法だ」

「親分……」

「どうだい、悪くねぇ筋書きだろ？」

言うと同時に新次は萎しを握り、棒身をぎりっと捻《ねじ》った。

逃げようとしたときにはもう、仁兵衛の眼前には鋭利な刃《やいば》が突き付けられている。
新次愛用の萎しは、仕込み刃だったのだ。
「動くんじゃねえよ」
仁兵衛の頬を、冷たい汗が伝って流れる。
その様を楽しむように眺めながら、新次は棒身をゆっくりと嵌《は》め込む。
ひとたび抜いた刃を収めて、何をしようというのか。
「う!」
いぶかった仁兵衛の意識が途絶えたのは、ほんの一瞬後のことだった。
短い唸《うな》りを上げて殺到した萎しの打撃に、首の骨を砕かれたのだ。
両眼を飛び出しそうに見開き、仁兵衛は四肢を突っ張らせる。
痙攣《けいれん》は、程なく絶えた。
見守る新次の表情に、邪悪な笑みが浮かんだ。
人を一人殺しておきながら、この男は毛ほども感情を動かしてはいないのだ。
頃合いを見計らったように、座敷の襖《ふすま》が開く。
「ご苦労さんにございやす」
労《ねぎら》う紋太の背後には、三人の下っ引きが控えていた。

本郷の裏路地で佐吉を襲撃した無頼漢である。いずれも紋太が市井《しせい》のならず者だった当時からの弟分で、今は新次一家の身内となって十手御用のみならず、かかる裏の悪事にまで加担していた。

「早いとこ、かたしちまいな」

「へいっ」

声を揃えた下っ引きたちは、死骸を運び出す。

表の船着場には、いつでも漕《こ》ぎ出せるように一艘《いっそう》の猪牙船《ちょきぶね》が用意してある。

この船宿はつい先日、廃業したばかりだった。

居抜《いぬ》きで売りに出すため、内装はもちろん船もそのままになっていたとなれば、仁兵衛が訝《いぶか》しく思わなかったのも無理はない。

こうして疑わせることなく誘い込んだ上で、情け容赦なく撲殺《ぼくさつ》したのだ。

階段を降りていく三人の足音を聞きながら、紋太が嬉しそうにつぶやく。

「佐吉の野郎もついにお終《しめ》えですね。親分」

「ああ」

「あいつがいなくなっちまえば、親分の天下だ。あっしらも鼻が高《たけ》えでさ」

「お前らにも、たっぷりと甘い汁を吸わせてやるぜぇ。楽しみにしていな」

答える新次の顔は、見るからに満足そうである。

萎しの太い棒身をぴたぴたと掌に打ち付けながら、口元を歪めて微笑み続けていた。

新次の萎しは、佐吉愛用の喧嘩煙管と同じ太さに誂《あつら》えられている。打撃した跡は、並の目利きでは、まず見分けが付かない。

毘沙門の新次が佐吉の名を騙るのみならず、凶器に萎しを用いたのは、目障《めざわ》りな商売敵《がたき》にすべての咎《とが》をなすりつけるためであった。江戸市中の悪党を恐れさせる滝夜叉の佐吉の身を破滅させ、その上で首尾良く取って代わるべく、かねてより蛇蝎《だかつ》の如き執念を燃やし続けていたのだ。

幼馴染みのお峰の掛けてくれたねんねこ半纏にくるまれて、安らかな眠りに落ちている佐吉は、迫り来る危機をまだ知らない。

九

一番鶏《いちばんどり》が鳴いている。

まだ表は薄暗かったが、根津門前町の『あがりや』では、朝の炊飯の煙が無双《むそう》（天窓）から往来へと漂い出ていた。

土間の飯台に突っ伏したまま、佐吉はぐっすりと眠っている。

ねんねこに包まれて安らかな寝息を立てている姿は、滝夜叉の親分と江戸中の悪党から恐れられる強者《つわもの》とは、とても思えなかった。

その鼻孔《びこう》を、白粉《おしろい》と紅《べに》の甘い香りがくすぐる。

「おはよう、吉ちゃん」

お峰は、きれいに朝化粧《あさげしょう》を済ませていた。

「すまなかったなぁ、お峰」

顔を上げた佐吉は、照れ臭そうに言った。

この店で眠り込んでしまうなど、初めてのことだった。

ここ数日、佐吉は大蔵屋の一件にかかりきりになっていた。

抱え主の町同心から命じられるお役目と並行して調べを進め、嫌がらせの張本人と突き止めた田丸屋の早太郎と決着を付けたことで、ほっと気が緩んだのだろう。

「さ」

お峰は、冷たい水を汲み込んだ茶碗を差し出す。

酔い潰れて眠ってしまった翌朝に飲む水は、まさに甘露《かんろ》であった。

続いて、お峰は絞った手ぬぐいを差し出す。顔を洗う手間を省いてくれたのだ。

「朝ご飯、食べておいきな」

佐吉が顔を拭いている間に、飯台には湯気の立つ碗が並べられた。

この『あがりや』には、二つべっついが設けられている。

お峰は四つ（午後十時）に店じまいして七つ（午前四時）に起き出し、江戸の一般家庭と同様に毎朝きちんと竈に火を入れて、飯を炊く習慣を欠かさない。

朝と昼の食事で余ったぶんは握り飯にして焼いておき、夜に小腹《こばら》を空かせた客がいれば無料で振る舞う。

自分が食べるために炊いた飯の余りを供して、代金を払ってもらうわけにはいかないというのが、彼女の商売人としての信条だったからだ。

それを知っている佐吉は遠慮することなく、朝餉《あさげ》を馳走になった。

やや固めの炊き加減は、こどものときから変わらない、お峰の好みである。

熱々の根深汁には卵がひとつ、落とし込まれている。

半煮えの黄身を潰さないようにしながら佐吉は一杯目の飯を平らげ、おかわりを運んでもらったところで、そっと突き崩す。

刻み葱と黄身の溶け合う旨みをおかずにしての二杯目は、また格別だった。

「おいしかったかい？」

ほうじ茶を置きながら、お峰は微笑みかける。

無言で見上げる佐吉の双眸は、感謝の念に満ちていた。

お峰の気遣いが今朝は殊の外に嬉しく、胸に温かく染み入る。

いつも顔を合わせていても、このような機会は滅多にあるものではない。できれば朝餉の膳ぐらいは、一緒に囲みたいところだった。

しかし、そうすれば情が湧いてしまう。

今のまま、幼馴染みのままの間柄が一番良いと、二人は互いに考えている。

表稼業でも裏の稼ぎでも、危険と隣合わせの日々を送っている佐吉である。

お峰を幸せにしてやるためには何を措《お》いても足を洗い、この『あがりや』の亭主に納まる覚悟を決めなくてはならないと、かねてより承知している。

しかし、惚《ほ》れた女を想って止《や》まない熱い気持ちにも増して、佐吉は町方同心より手札を授かっての岡っ引き稼業と、表立っては裁けぬ悪党を密かに痛め付ける裏の稼ぎとに、尽きぬ情熱を覚えていた。

となれば、まだ平穏な暮らしを夢見るわけにはいくまい。

手札を返上すると同時に喧嘩煙管を捨て、江戸市中の悪党どもを向こうに回しての危ない仕事とすっぱり縁を切らない限り、お峰と為《な》さぬ仲になることはできないからだ。

最初から添《そ》い遂《と》げるつもりの無い相手であれば、ここまで思い定めることもない。しかし佐吉にとってお峰は己の手で幸せにしてやりたいと思える、ただひとりの女性だった。

そんな佐吉の心の内を、お峰はすべて察してくれている。

幼馴染みの「吉ちゃん」が一度は無職渡世に足を踏み入れながらも立ち直り、悪党相手に筋道を通す真の漢《おとこ》になってくれたことを、彼女は我が事のように喜んでいた。

むろん、危険な稼業から身を引いてくれるに如《し》くはない。

だが、自分のために天職と言うべき仕事から足を洗わせ、未練を残させたままで飲み屋の亭主の座に据えてしまっては、本末転倒であろう。

お峰自身もかつて人生をやり損ない、こうして好きな客商売の店を構えて立ち直った身であるからこそ、殊更に問い質さずとも佐吉の気持ちが分かるのだ。

天に恥じるところのない生業《なりわい》ならば、とことんまで突き詰めてくれればいい。二人がなるようになる日はいつか訪れるだろうし、焦る必要はどこにも無い。

それまでは幼馴染みの岡っ引きと飲み屋の女あるじとして、お互いに元気な顔を見せ合うことさえできていれば十分ではないか。

健やかに、気持ちよく己の生業に励んでいられれば、それでいい。

口には上《のぼ》せないが、思うところは同じであった。

# 十

佐吉の住処《すみか》は縄張りの根津に程近い、谷中《やなか》の一角に在《あ》る。

谷中には寺が多い。

七つ半（午前五時）の鐘が、満ち足りた佐吉の五体に心地よく響いた。

程なく、わが家が見えてくる。

古いながらも表通りに面した、二階付きの仕舞屋《しもたや》だ。

「何処にお泊まりだったんですかい、親分っ」

すぐ前まで来たところで、佐吉は見知りの者に出くわした。

抱えの町同心に仕える、小者《こもの》の一人である。

同心が私的に雇っている岡っ引きとは異なり、小者は組屋敷《くみやしき》に住み込みの、正式な奉公人だ。事件の探索に使役されているだけの岡っ引きと接触する機会など、ほとんど無きに等しい。それが何故《なにゆえ》に駈け付け、息せき切っているのだろう。

「朝も早くから、どうしたんでぇ」

不思議そうに問う佐吉に、小者はただならぬ様子で言った。

「大蔵屋のあるじが、こ、殺されたんですよ！」

「仁兵衛さんが……？」

今度は、佐吉が驚愕する番だった。

「どういうこった、それはっ」

「娘の話じゃ、店じまいをする間際に親分の使いが来て、連れ出されたまま戻らなかったってんですが……」

小者の目には、当惑の色が浮かんでいる。

「………」

「まずいですぜ、親分」

黙り込んだ佐吉に、小者は続けて言った。

「とにかく、立花《たちばな》の旦那のところまでご一緒しておくんなさい。このまんまじゃ、親分が下手人《げしゅにん》ってことにされちまいますよ」

「……仁兵衛さんは、何処だ」

佐吉は、ただ一言だけ問うた。

有無を言わせぬ口調に気圧《けお》されて、小者は答える。

「永代橋《えいたいばし》の棒っ杭《くい》に引っかかっているところを、毘沙門の親分んとこの若い衆が見付けたそうでさ。今頃は新次親分が直々に、出張《でば》っておいでかと」

「永代だな」

念を押すと同時に、佐吉は走り出した。

「親分っ！」

慌てて追おうとした小者が、すてんと転ぶ。

八丁堀《はっちょうぼり》の組屋敷から谷中まで駈け通しに駈けてきた後となれば、無理もあるまい。

泥にまみれた顔をもたげて、小者は精一杯の声を張り上げた。

「新次親分に見つかったら、ただじゃすみませんぜ！」

必死の叫びは、もはや佐吉の耳に届いてはいなかった。

十一

大川《おおかわ》（隅田川）の河口近くに架けられた永代橋は、日本橋箱崎《はこざき》と深川・佐賀町《さがちょう》をつなぐ交通の要衝《ようしょう》である。

全長が百十間《けん》（約一九八メートル）余の橋は、二代目である。

二十四年前、文化《ぶんか》四年（一八〇七）八月十九日に富岡八幡宮《とみがおかはちまんぐう》の例大祭に押し寄せた群衆の重みで落下し、七百三十名を超える者が溺死《できし》した未曾有《みぞう》の大事故は、江戸の人々の記憶に生々しく刻み込まれている。

しかし、今の佐吉には、過去に想いを馳《は》せている余裕はない。

数えで十歳だった自分から双親の命を奪い去った惨事よりも、つい昨日会って歓談したばかりの大蔵屋父娘を見舞った悲劇のことで、頭の中が一杯になっているのだ。

人の恨みなど買うはずもない仁兵衛が、何故に殺されたのか。

そして、この滝夜叉の佐吉が殺しの下手人に仕立て上げられようとしているとは、一体どういうことなのか。

事実を解き明かすには、正面からぶつかってみる以外にあるまい。

佐吉は、そう心に決めていた。

すでに亡骸《なきがら》は引き揚げられ、深川側の岸辺で検屍《けんし》が始まっていた。

指揮を取るのは、町同心の仕事である。毘沙門の新次と配下たちは現場を囲み、野次馬が近寄るのを防ぐ役目を果たしている。

永代橋を渡り切った佐吉が、一散に土手を駈け下りてくる。

「親分、来ましたぜ」

目ざとく見付けた紋太が告げるのに、新次はにんまりと笑みを浮かべた。

「毘沙門の親分……」

走り寄ってきた佐吉に、息の乱れはない。

しかし、その双眸は狂おしいほどに血走っている。

出迎えた新次は、嬉しそうに一言告げた。

「とっ捕まえるのに一苦労させられると思っていたが、おかげで手間が省けたぜ」

「そいつぁ、どういうこった」

鋭く見返す佐吉に、新次はにやりと笑いかける。

「大それた真似をしやがったな、滝夜叉の佐吉」

「何……」

「大蔵屋あるじ、仁兵衛殺しの咎でお前《めえ》を召し捕る。そう言ってんのよ」

「馬鹿な」

怒りに震えながら、佐吉は言った。

「どうして、俺が旦那を手にかけなくちゃならねぇんだ！」

鼻で笑った新次は、すっと体を引いた。

倣《なら》って、紋太と下っ引きたちが脇に退く。

変わり果てた仁兵衛の姿が、佐吉の目に飛び込んでくる。

頸骨《けいこつ》を砕かれた男の首は不自然な格好で、ぐにゃりと曲がったままだった。

無惨な骸《むくろ》に醒めた視線を向けながら、新次はうそぶいた。

「見ての通り、おろくは首をへし折られている。お前の得意な喧嘩煙管の手だな。それにゆんべ、お前は家に帰っちゃいねえ。これだけねたが揃えば、十分だろうよ」

佐吉は、思わず声を失った。

好漢と呼ぶにふさわしかった男の亡骸をこれ見よがしに示されたのみならず、己を下手人と決めつけられたことに、度《ど》し難い衝撃を受けていたのだ。

構わず、新次は続けざまに言い放つ。

「礼金に不足があっての逆恨み。そうに違いあるめぇよ」

すかさず配下の下っ引きが三人、前に出た。

「御用だ、佐吉っ」

「神妙にしやがれ！」

下っ引きどもが、口々にわめきながら佐吉を取り囲もうとする。

検屍の同心たちは、手を出してこなかった。

すでに新次の推理を余さず聞かされ、すべてを任せる積もりでいるのだろう。ここで捕らえられれば申し開きを許されることなく、下手人に仕立て上げられるのは目に見えている。

考えるより先に、体が動いた。

「野郎っ」

飛びかかってきた一人目をかわし、二人目にさっと足払いをかける。

佐吉は走った。

土手を駈け上がり、橋桁《はしげた》を踏み鳴らして突っ走る。

図らずも自分が罠《わな》に嵌《はま》ったことに、今更ながら気付いていた。

十二

根津権現前まで、どうやって辿り着いたのかは覚えていない。

佐吉が辻番所の腰高障子を引き開けたとき、狭い屋内に弥十郎の姿は無かった。夜着《よぎ》にくるまった留蔵がただ一人、酒臭い息をしながら眠りこけている。

例によって弥十郎は早起きし、番所の裏で剣術の独り稽古をしているらしい。そろそろ切り上げて顔を洗い、朝餉を楽しみに番所へ帰ってくる頃合いだったが、夕餉を摂りながらの会話が弾《はず》まなかった留蔵はつい深酒をしてしまい、まだ目を覚ましていなかった。

「爺さん、起きてくんな……爺さん！」

　悪いと思いながらも、佐吉は強い口調で繰り返し呼びかける。

「……どうしたんでぇ」

　不機嫌そうに眠い目をこすりながら、留蔵が起き上がった。

「すまねぇな、爺さん」

　汗まみれの顔で、佐吉は言った。

　ただならぬ様子に、留蔵はすぐ気付いたらしい。

「何があったんだ、お前？」

「大蔵屋のだんなが殺された。俺ぁ、その下手人ってことになっている」

「え」

　言葉を失う留蔵の目の前に、胴巻《どうま》きが差し出された。

「お前たちに本当の下手人を捜し出して、始末を付けてもらいてぇ」

　ずっしりと重い胴巻きはふだん使いのものとは違う、非常用の備えだった。

　岡っ引きは手配中の者を追って、急に旅に出ることも珍しくはない。ために路銀《ろぎん》として常に五両ほどの金を懐にしているのだ。

図らずも、それは大蔵屋の件で佐吉が納めたのと同じ額であった。

「佐吉……」

「昔のよしみを持ち出すのは、これが最初で最後だ。頼むぜ、兄い」

それだけ告げると、佐吉は身を翻《ひるがえ》す。

隣接する裏長屋の木戸を潜って、路地に駈け入ったのだ。

しばし身を隠した後に、塀を乗り越えて姿を消すつもりなのだろう。

すでに六つ（午前六時）を過ぎ、木戸は開かれている。

辛うじて、佐吉は危地を脱したのだ。

「………」

夜着と布団をゆるゆると畳み、留蔵は呆然と座り込む。

頭が混乱していても、受け取った胴巻きを布団《ふとん》の下に隠すのは忘れない。

そこに紋太と三人の下っ引きが飛び込んできたのは、ほんの一瞬後のことだった。

「佐吉の野郎が来ただろうが、爺さんっ」

紋太は、無遠慮な視線を向けてくる。

「何のこった？」

素知《そし》らぬ顔を作って、留蔵は答えた。

「俺ぁ起き抜けなんだぜ。今朝になって出っくわしたのは、お前さんがたが初めてだ」

ふぁっと、わざとらしく大あくびをしてみせる。

熟柿《じゅくし》の如き異臭を見舞われ、下っ引きたちが揃って渋い顔をした。

紋太が、ちっと舌を鳴らす。

「こんな老いぼれに何を聞いても、話にゃならねぇな……おい、行くぞっ」

たちまち、男たちは走り去っていく。

その足音を遠くに聞きながら、留蔵はつぶやく。

「噛んでいるのは、毘沙門の新次か」

老爺の横顔を、一筋の汗が伝って流れた。

「こいつぁ、厄介なことになりそうだ……」

もはや呆然としている場合ではないことに、彼は気付いていた。

そこに、弥十郎が戻ってきた。

「佐吉親分と何かあったのか、おやっさん」

「お前、あいつと会ったのかえ?」

慌てて向き直った留蔵に、弥十郎は不可解そうに答える。

「井戸端を借りて顔を洗っていたら、怖い顔で路地を走り抜けていったぜ。おやっさんに託したことをくれぐれも頼むって、ありゃ、どういうわけなんだい」

「……弥の字」

ただならぬ表情で、留蔵は言った。

「伊織さんを呼んできな」

「まだ、朝飯の最中なんじゃ……」

「いいから、とっとと呼んでくるんでぇ！」

当惑する若者に皆まで言わせず、老爺は叫んでいた。

程なく、辻番所の腰高障子は閉め切られた。

町同心が見咎めて文句を言ってくることなど、今は気にしている場合ではなかった。

## 十三

「俺はやるぜ、おやっさん」

話を終えた留蔵に、弥十郎は一言だけ告げた。

「本気かえ、弥の字？」

「当たり前だ。あいつが理由《わけ》もなく人を殺すはずがないのは、おやっさんも伊織さんももう先《せん》から承知していることだろう。俺は、佐吉を信じるよ」

弥十郎の精悍な横顔には、揺るぎない闘志が秘められていた。

「それに、あれほど張り合い甲斐《がい》のある奴は滅多にいるもんじゃない。むざむざ死なせるわけにはいかないさ。他の奴に決着《けり》を付けさせて、堪《たま》るもんか」

分厚い掌をぱぁんと打ち合わせ、弥十郎は不敵な笑みを浮かべた。

佐吉を無二の好敵手と認めていればこそ迷うことなく、戦う決意を速やかに固めたのだ。

しかし、一方の伊織は冷淡そのものであった。

「ここは何も聞かなかったことにして、看過《かんか》するべきではないかな」

「伊織さん」

気色ばむ弥十郎に答えず、伊織は留蔵に向き直る。

「おやっさんが押し付けられた五両は、門前町の『あがりや』に届ければ良かろう。あの店の女将は、佐吉の幼馴染みだそうだからの」

留蔵が、ゆっくりと顔を上げた。

「……墓代にでもさせようってことですかい、伊織さん？」

怒っているわけではない。

弥十郎が仲間に加わってくる以前から伊織は佐吉に目を付けられ、留蔵と手を切らない限りはいつかお縄にしてやると、折に触れて恫喝《どうかつ》されていた。

その佐吉が窮地《きゅうち》に陥《おちい》り、助けを求めてきたからといっても気持ちよく引き受けられるはずがあるまい。話を持ちかけたときから、留蔵はそんな予感がしていたのだ。

果たして、伊織は更に苛烈《かれつ》な言《げん》を口に上せた。

「あ奴がいなくなれば、結構なことではないか。我らの仕事もやりやすくなる」

「あんた、何てことを！」

留蔵が何か言うより速く、弥十郎はきっと鋭い視線を向ける。

「おやっさんと佐吉は、昔は義兄弟だったんだ。放っておけると思うのかい？」

しかし、伊織は動じなかった。

「私は、忌憚《きたん》なく物を言うておるだけだ」

「冷たすぎるぜ、伊織さんっ！」

「そなたこそ熱くなるな。あ奴は紛《まご》うことなき、我らの敵なのだぞ」

「……」

返す言葉の無い弥十郎に代わって、留蔵は一言だけ告げた。

「そこまで言いなさるんなら、仕方ありやせん。伊織さんには、この一件を手伝ってくれとは申しますまい」

「左様か」

静かに頷くと、伊織は最後に念を押した。

「あくまで拘わりたいと申すならば、私は止めぬ。ただし、そなたらが御用鞭《ごようべん》（逮捕）となれば私にまで累《るい》が及ぶことだけは、忘れてくれるなよ」

「承知しておりまさ。万が一にも捕まったときにゃ、手前で手前の始末を付けまさ」

答える留蔵の顔に、気負っている様子はまったく無い。

それは寄る辺なき一匹狼《いっぴきおおかみ》として裏の仕事を始めたときから変わらない、不退転《ふたいてん》の決意の顕《あらわ》れだった。

「安心したよ」

それだけ言い置き、伊織は踵《きびす》を返す。

「朝餉の途中で、美代が案じておるのでな。これにて失礼致す」

腰高障子を開けたまま去っていく背中を、弥十郎は苛立たしげに見送った。

「いいのかよ、おやっさんっ」

「黙りな、弥の字」

収まらない弥十郎を、留蔵はそっと窘《たしな》めるのだった。

「他人《しと》には他人の考えってもんがありなさるんだ。無理を言っちゃいけねぇ」

「……分かったよ」

「佐吉もむざむざ捕まっちまうような玉じゃねえやな。急《せ》かずに事を探るとしよう」

「うん」

「とにかく飯を済ませて、口開けと行こうや。いつまでもぐずぐずしていたら、お見回りの同心さんがうるさいからなぁ」

自分自身の心を落ち着かせる想いで、留蔵は言った。

十四

釈然としない気持ちのまま弥十郎が朝餉をしたため、辻番所の仕事を始めた頃。

毘沙門の新次は、上野広小路の田丸屋を訪ねていた。

「首尾は上々ですぜ、若旦那」

「そうかい」

新次の報告を受けて、早太郎はにんまり微笑む。

自分を虚仮《こけ》にした相手の一人がすでに死に果て、もう一人が助かり得ない窮地に陥ったことが、嬉しくて堪らないのだ。

「あの野郎がおあつらえむきに夜通《よどお》し家を空けてくれたおかげで、すんなりと濡《ぬ》れ衣《ぎぬ》を着せることができやした。違う手も考えていたんですがね、まったく好都合でしたよ」

「何はともあれ、ご苦労だったね」

上機嫌で、早太郎は切り餅をひとつ取り出す。

料亭の若旦那に、さしたる仕事はない。

昼過ぎから父親の名代《みょうだい》で同業者の寄り合いに出向くまでは、閑なものだった。

奥のだだっ広い私室は、人払いが為されている。早太郎が先の三十両に続いて店の金を密かに持ち出し、この新次を雇って大蔵屋仁兵衛に引導を渡させたことなど、誰一人として感付いてはいなかった。

昨夜の凶行現場となった深川の船宿を手配したのも、この早太郎である。

当然ながら、新次への礼金として用意した二十五両のみならず、すでに少なからぬ費《つい》えがかかっていた。

露見すれば勘当《かんどう》ものの着服だったが、佐吉に巻き上げられたときに比べれば、晴れ晴れした気持ちでばらまくことのできる金でもあった。

「これっぱかしじゃと言いてえとこだが……ま、いいでしょう」

勿体《もったい》を付けながら、新次は切り餅を懐に納める。

「少しは感謝してもらいたいな、親分」

思わず言い返す早太郎を、新次はじろりと睨《ね》め付《つ》ける。

「こちとらは人ひとり、手にかけてるんだ。本来だったら百両頂戴しても、とうてい割りに合わねえことなんですぜ？」

「わ、悪かったよ。親分」

「とにかく、俺ぁ佐吉を叩き潰すために若旦那のお話に乗ったってことを、ゆめゆめ忘れねえでおくんなさい」

新次が何を言わんとしているのか、暗愚《あんぐ》な早太郎にも察しは付いていた。

後進の身でありながら捕物上手と評判を取り、江戸中の悪党から畏怖《いふ》を集めている佐吉の存在が、新次には疎《うと》ましくてならなかった。

ために田丸屋と大蔵屋の諍《いさか》いに佐吉が乗り出した好機を逃さず、早太郎の思惑に乗って仁兵衛を殺害。佐吉を下手人に仕立て上げたのである。

首尾良く佐吉が御用鞭（逮捕）となり、仕置（処刑）されるように事を運べたとしても、新次一家を大きくするには然るべき後ろ盾が必要だ。

やがて田丸屋の主人となる早太郎に肩入れしておき、店を継いだ暁《あかつき》には後ろ盾として惜しみなく助勢してもらいたい。新次は、そう望んでいるのだ。

もとより、早太郎にとっても新次の力は歓迎すべきものだった。

こたびのような私事だけに限らず、盛り場でお店《たな》を営む上でも、土地の岡っ引きの力を借りなくてはならない局面は多い。毘沙門の新次のように、表向きにできない揉め事の始末を好んで引き受けてくれる悪党を手懐《てなず》けておくことは、決して無駄ではないのである。

むろん、けじめをつけてもらうのを忘れてはならない。

「頼んだよ、親分」

「念を押すまでもありやせんよ」

新次は、自信たっぷりに請け合った。

「佐吉の野郎の首は必ず、三尺高《たけ》えところに晒してご覧に入れまさあ」

## 十五

その頃。

辻謡曲《つじうたい》の商いを切り上げた田部伊織は、家路に就《つ》いていた。

裏門坂を下っていく伊織の端正な横顔に、夕陽が明るく照り映《は》える。

その表情は、どこか晴れない。

平素とは違って、邪魔をしてくる佐吉はいない。気分を害される恐れがないために声の冴えも常より良かったらしく、実入りはかつてなく上々だった。

しかし、何かすっきりしない。

己の感情を持て余さずにはいられない、そんな気分の伊織であった。


「お帰りなさい、父上」

長屋では、娘の美代が夕餉の支度を調えてくれていた。

今夜の献立は、船頭飯《せんどうめし》だ。

皮のまま四つ割りにした蕪《かぶ》を崩れるまで煮込んだ味噌汁を、丼《どんぶり》に盛った飯にざぶざぶとかけただけの簡単きわまるものだが、これが驚くほどに精が付く。四年前に江戸へ居着《いっ》くまで六年の間、まだ幼い娘を連れて諸国を流浪していた当時に立ち寄った、西国《さいごく》の漁村で教わった料理だった。

飯に汁をかけるのは「みそがつく」と言って、炭坑《たんこう》など危険と隣合わせの現場では殊の外に嫌われるが、蕪を切り割って煮崩れさせた味噌汁だけで何杯でも食べられ、おまけに体力が付くことから、船上での手軽な賄い飯として重宝《ちょうほう》されていた。味噌は沸騰させると旨みが損なわれるが、船頭飯に仕立てるときは煮込んだほうがむしろ良い。

「美味《うま》そうだの」

膳に就いた伊織は、久しぶりの芳香に目を細めた。

父親の体を気遣って、安価《あんか》ながら精の付く献立にしてくれたのであろう。

貧しいながらも伊織が体調を崩すことなく、日々を健やかに過ごしていられるのは家事を一手に引き受けてくれている、美代の存在があればこそだった。

これほど良くできた娘など、滅多にいるものではない。親馬鹿ではなく、伊織は心からそう感じていた。

しかし、今夜はどうも勝手が違う。

「どうにも気分が優《すぐ》れませぬので、斯様なお献立で申し訳ありませぬ」

「如何致した、美代……？」

軽く盛った一膳をそそくさと食べ終えた美代は、硬い表情で言った。

「弥十郎さんにお聞きしましたよ。佐吉親分の無実のあかしを立てるお手伝いを、父上はお断りになられたそうですね」

「そなた、何を聞いたのだ？」

伊織が色を失ったのも当然だろう。

密かに裏の仕事を請け負っていることを、美代には何ひとつ話してはいない。自分が手を引いた腹いせに弥十郎は後先を考えず、馬鹿なことを口走ったのではあるまいか——

「も、申せ」

動揺を隠せぬ父を、美代は冷たく一瞥《いちべつ》した。

「弥十郎さんは一軒一軒、この界隈の家々を訪ねて廻《まわ》っておいででした。何をされているのかとお尋ねしたところ、佐吉親分のゆうべの足取りを確かめるのだと……辻番所の書役《かきやく》のお役目の合間に、それはもう気の毒になるほど、必死で走り回っておられました」

「…………」

「父上が私のために、武士《もののふ》の恥を忍んで辻謡曲のお仕事に励んでくださることを感謝申し上げない日はございませぬ……しかし、かかる大事に何もなさらぬばかりか、あのような立派な御仁《ごじん》を下手人と決めつけられるとは、いかがなものでございましょうか」

「美代……」

「私は、親分の潔白を信じます」

伊織を見据《みす》える美少女の目に、迷いの色は無かった。

箸を動かす気も失せて、伊織は俯《うつむ》く。

熱々のときは美味極まりない船頭飯も、冷めたとたんに味気なくなってしまう。彩りに添えられた蕪の葉も、ぐったりと丼の中で萎《しお》れていた。

## 十六

それから五日が過ぎた。

弥十郎の調べは、未だに芳《かんば》しい成果を得られていなかった。

とはいえ、辻番所の仕事を放り投げてしまうわけにはいかない。調べ書きの清書は達筆な弥十郎にしかできない、重要なお役目だったからだ。

文机《ふづくえ》の前に座し、前の往来で何も起きていないことを目の隅で確かめながら、弥十郎は日暮れ前の番所で独り、黙々と筆を走らせていた。

留蔵は、夕餉の買い物に出かけている。

と、精悍な横顔が揺れた。

見覚えのある娘が、番所の前を通りかかったのに気付いたのだ。

「おなみちゃん」

呼びかけられて足を止めたのは、大蔵屋の娘だった。

「辻番のお兄さん……」

「とんだことだったなぁ」

弥十郎は式台に座れと促す。

並んで腰を下ろした二人は、足をぶらぶらさせながら往来を眺めやる。

いつもならば、夜の仕込みで忙しいおなみが根津権現にふらりと現れるはずがない。

仁兵衛の葬儀は済ませたものの、まだ大蔵屋は店を閉めたままである。突然に父親を失って何もする気になれぬまま、今日も境内《けいだい》をぶらついた帰り道のようだった。

そこに、飴売《あめう》りが通りかかった。

「おじさん、二本頂戴《ちょうだい》な」

棒飴を受け取ったおなみは、弥十郎にそっと一本握らせる。

受け取るとき、弥十郎は掌にふと、違和感を覚えた。

「こいつぁ何だい、おなみちゃん？」

「この辻番所に寄って愚痴をこぼしていく人はみんな、留蔵さんにお茶代を置いていくんでしょ。あたしもすこし、お兄さんに話を聞いてもらいたいの」

「………」

何も言わず、弥十郎は握らされた銅銭を袂《たもと》に落とし込んだ。

「さっそくだけど、佐吉親分のこと、何か分かった？」

「いいや。門前町の『あがりや』で一杯呑《や》っていたってのは分かったんだが、谷中の家に戻らなかったらしいんだ。女将さんにも当たってみたけど、野暮をお言いじゃないよって相手にしてもらえなくてな……」

暗い表情で答えながら、弥十郎は飴をしゃぶった。

久しぶりの飴は、若者の口にはずいぶんと甘く感じられた。

我知らず、微笑みが浮かぶ。

遠い昔、こどもの時に口にしたことがある麦こがしの甘味を弥十郎は思い出していた。

しかし、おなみの表情は晴れない。

「……あたしね、もう先《せん》から親分さんのことが好きだったの」

「好《い》い男だもんなぁ」

突然の告白に驚くこともなく、弥十郎は言った。

自分が女性ならば、そういう気持ちになっていたとしても不思議ではないだろう。

もしかしたら、この娘は『あがりや』のお峰に嫉妬しているのかもしれない。

そんなことを弥十郎が思った矢先、おなみは言った。

「見目形《みめかたち》がどうこうって言うより、優しいんだもの」

「あの親分がかい」

意外といった表情になる弥十郎に、おなみは真面目な顔で告げる。

「お父っつあんがあんなことになる前の日にね……親分はあたしたち父娘のために、一肌脱いでくれたのよ」

「どういうことだい」

「田丸屋の馬鹿旦那が、あたしをお嫁にって申し込んできていたの。それをお父っつあんに断ってもらったら、お酒の仕入れができないようにされちまって……十日も夜の商いができない間に、馴染みのお客がずいぶん離れてしまったのよ」

おなみは、辛そうに顔を歪《ゆが》めた。

「そんなことがあったなんて、ちっとも知らなかったな」

「お兄さんはご飯もお酒も表じゃ済まさないものね。あたしの店に来てくれたことなんか一度もないでしょ」

「たまには表で食いたくても、おやっさんが小遣《こづか》いをくれないからなぁ」

「そうなの？」

弥十郎のぼやきに、おなみはくすっと笑う。

少しばかり心持ちが明るくなったらしい機を逃さず、弥十郎は問うた。

「……それで親分が乗り出して、話をつけてくれたってわけかい」

「うん。お父っつあん、とても感謝していたわ」

その矢先に、かかる凶事が出来《しゅったい》したのである。

仁兵衛の無念を思うと、弥十郎の心は痛んだ。

いつしかおなみも黙り込んでしまい、会話は途切れた。

無言のまま、二人は往来を眺めやる。

と、おなみが再び口を開いた。

「お兄さんは、親分のことをどう思う？」

「どうって……」

弥十郎は言い澱《よど》んだ。

まさか裏の稼業で対立し、鎬《しのぎ》を削っている間柄とは口にできない。

「やっぱり留蔵さんと同じで、あんまり快くは思っていないのね……」

「……」

「でもね、お兄さん」

寂しそうな微笑みを収めると、おなみは言った。

「親分と留蔵さん、ずいぶんいがみ合ってるみたいだけど、昔は義理の兄弟分だったんでしよ？　心の中じゃ、憎からず思っているんじゃないかなあ」

「確かに、時々そんなふうにも見えるな」

弥十郎は、しみじみと飴を舐めた。

「ね、お兄さん」

と、おなみは弥十郎に向き直った。

「親分の行方《ゆきかた》が分かったら、一番に、あたしに教えてもらえないかな」

「おなみちゃん……」

「お峰さんより先によ、きっとよ」

そう告げる娘の顔は、どこまでも真剣だった。


留蔵が戻ってきたのは、それから四半刻も経《た》った後だった。

「遅くなっちまったな。すぐにこさえるから……？」

式台の隅に四文銭が一枚、ぽつんと置かれていることに気付いたのだ。

机に向かって清書の続きをしていた弥十郎は何も言わず、筆を動かしている。

「こいつぁ何だい、弥の字？」

「佐吉親分を信じる、娘さんの真心だ」

顔を上げた弥十郎は筆を置き、静かな口調で言った。

「俺は、この銭だけでも親分のために動いてみせるぜ。おやっさんや伊織さんにとってはぜんぜん不足だろうがな」

「何も言うねぇ」

渋い顔になりながら、留蔵が奥に引っ込む。

出てきたときには笊の代わりに、渋紙《しぶかみ》を貼った籠《かご》を手にしていた。

籠の底は、少なからぬ銭で埋まっていた。

「これは?」

「佐吉の無事を願って、この界隈の連中が置いてったんだ。何か分かったら、いの一番に自分に知らせてくれってな」

弥十郎は言葉を失った。

この五日の間、弥十郎は独りで佐吉を助けるために奔走《ほんそう》しているつもりだった。金の多寡《たか》など問題ではなく、無二の好敵手と見込んだ男を余人の手で葬られてしまっては堪らない。いつか雌雄《しゆう》を決する日までは無事であって欲しい。そう望めばこその行動だった。

しかし、佐吉の身を気遣っていたのは弥十郎だけではなかった。

己《おの》が手で救い出すことは叶わぬまでも、せめて安否だけは確かめたい。一時《いっとき》でも早く、無事の便りが欲しい。そう願って止まない人々が幾十人となく、弥十郎の知らぬ間に辻番所を訪れたのである。

　自分が不在の折々に、これだけの銭が留蔵の許《もと》には寄せられていたのだ。

「……………」

　弥十郎は、己の不明を恥じずにはいられない。

「その銭も入れてくんな、弥の字」

　呼びかける留蔵の声は優しい。

　無言で微笑み返しながら、弥十郎は万感《ばんかん》の想いで四文銭を手に取る。

　ちゃりんと軽やかな音を立てて、娘の真心は頼みの銭に加えられた。

「……そうだ」

　銭を籠に落とした刹那、はたと弥十郎は気付いた。

（田丸屋の馬鹿旦那が、もしも、毘沙門の新次とつるんでいたら……）

　おなみの話によると、田丸屋の早太郎は嫁取りの話を断られた腹いせに、大蔵屋の商いを邪魔していたという。

　この一件の始末に乗り出したのが、他《ほか》ならぬ佐吉だった。そして、話が付いた当日の夜に大蔵屋仁兵衛は殺され、佐吉が下手人として追われる羽目になった。

早太郎が怒りの矛先《ほこさき》をおなみから父親の仁兵衛に転じ、その頼みを引き受けたのが新次だとすれば、話の辻褄《つじつま》はぴたりと合う。

「……確かめるか」

「どうしたんでぇ、弥の字」

鉄鍋に水を汲んでいた留蔵が、心配そうに振り向く。

「夕飯はいらない。今夜は、もしかしたら帰れなくなるかもしれないよ」

そう告げる弥十郎の顔には、ただならぬ決意が宿っていた。

十七

弥十郎が歩いていく。

空腹は、不思議なほど感じなかった。

佐吉の安否が気遣われる今は、寸刻《すんこく》も惜しまれる時である。

弥十郎と留蔵が達した結論は、田丸屋の早太郎を責めることだった。

荒っぽい策を講じることも、やむを得まい。かかる決意を胸の内に秘めて、弥十郎は辻番所を後にしたのであった。

裏門坂の途中で、羊羹色《ようかんいろ》の袷に饅頭笠《まんじゅうがさ》を被《かぶ》った浪人の姿が見えてきた。
辻謡曲を仕舞いにした伊織である。
行き交ったとき、弥十郎は何も言わなかった。
「何処《いずこ》へ参るのか」
その背に、伊織の声が追いすがってくる。
しかし、弥十郎は振り向かない。
「伊織さんには拘わりのないことだ」
ただ一言、そっと返しただけであった。
「………」
押し黙ったまま立ち尽くす伊織の足下を、風が吹き抜けてゆく。
すでに、陽は西の空に沈もうとしていた。
花冷《はなび》えの迫る中、孤影が長々と坂道に伸びている。
弥十郎は、疾《と》うに去った後である。
伊織の痩せた背中には、言い知れぬ寂寞《せきばく》が漂っていた。
（そなたが羨《うらや》ましいぞ、弥十郎）
それはゆめゆめ口《くち》の端《は》に上《のぼ》せるわけにはいかない、田部伊織の偽らざる本音だった。

伊織は、何も佐吉を憎んでいるわけではない。また、留蔵と組んでの裏稼業から手を引けと折に触れて恫喝されていたことに対し、殊更に遺恨を覚えているわけでもなかった。

自らの意志で主家を捨てた浪々の身とはいえ、武士の子として育った伊織には無職渡世の世界で生きてきた佐吉、そして留蔵の有り様に、完全に共感することができないのだ。

ために素直に手を貸すことができずにいたのだが、弥十郎は違った。

失われた記憶の代償として何の気負いもなく野《や》に生き、市井の人々と同じ立場で喜怒哀楽の情を面《おもて》に表し、動くことができる。

同じ武士の子でありながら、自分には決して叶わないことであった。

言葉を失ったままの伊織の脳裏に、先夜の美代の貌《かお》が浮かび上がる。

『私は、親分の潔白を信じます』

愛娘の毅然とした態度を前にして、伊織は一言も返せなかった。

むろん、かかる話を蒸し返すほど美代は愚かではない。明朝にはいつもと変わらぬ明るい笑顔で振る舞い、無下に父を責め立てるような真似はしなかった。

それもまた、武士の子として幼時から厳しく躾《しつ》けられた身であるがためなのだが、なればこそ伊織は辛い気持ちをずっと禁じ得ずにいた。

所詮は素浪人の娘と後ろ指を指されぬよう、世に恥じることのない徳目《とくもく》を教え込んできた美代をして父親を責めずにはいられぬほど、佐吉に降りかかった災厄《さいやく》は大事《おおごと》なのだ。

然るに自分は何も手を尽くすことなく、すべてを弥十郎たちに任せきりにしている。

このままでは、人としての仁《じん》を欠くと言われても致し方ないだろう。

情けは他人《ひと》のためならず。得心できぬとなれば、自ら答えを求めなくてはなるまい。

伊織は、静かに歩き始めた。

裏門坂を下っていく背中に、もはや寂寞の色は微塵も感じられない。

これから辻番所の留蔵を訪ね、弥十郎が何処へ行き、これから何を為そうとしているのかを余さず聞かせてもらうつもりであった。

十八

同じ上野界隈でも、賑々《にぎにぎ》しい広小路とは違って、池之端《いけのはた》にはどことなく妖《あや》しい雰囲気が漂っている。為さぬ仲の男女が忍び逢う、出合茶屋《であいぢゃや》が建ち並んでいるとなれば無理からぬことだった。

「隅田《すだ》のほとりに囲はれて……」

端唄《はうた》など口ずさみながら、早太郎が林の中を歩いてくる。陽のある内に何処ぞの素人娘を茶屋に連れ込み、駕籠《かご》で送り返したばかりというところなのだろう。

紅《あか》い夕陽が照り映える不忍池の広い水面《みなも》には、早太郎は目も呉《く》れていなかった。

寛永寺《かんえいじ》の鐘が、六つ（午後六時）を告げている。

と、早太郎が足を止めた。

「……旦那……田丸屋の若旦那」

呼びかける声は切れ切れに聞こえていても、肝心の姿が見えない。

「誰《たれ》だい」

早太郎の顔に、緊張の色が走る。

声が上から聞こえてくると気付いた刹那、風を巻いて弥十郎の巨体が降ってきた。

枝に摑まって樹上に身を潜め、早太郎が真下に差しかかるのを待っていたのだ。

「うわっ」

短い悲鳴を上げた刹那、早太郎は悶絶した。当て身を喰らわされたのである。

幸い、周囲に人影はない。

気を失った早太郎を担ぎ上げた弥十郎は、速やかに歩き出す。

「無茶をするものだな」

振り向くまでもなく、背中に呼びかけてきた者の正体は分かった。

「伊織さん……」

「今宵《こよい》のうちに帰さねば、大事になるだろう。疾く口を割らせようぞ」

そう告げる伊織の声に、迷いの色は無かった。

十九

留蔵を訪ねて、弥十郎の計画を知った。伊織は女物の小袖を一枚、用意してきていた。

悶絶させた早太郎に小袖を被《かぶ》せて抱きかかえ、連れが気分を悪くしたと言い繕《つくろ》った伊織のことを、出合茶屋の仲居はまったく疑わなかった。

訳ありの男女でなければ、人目を忍ぶ場所を利用するはずもない。邪魔立てされずに事を行うには、まさにおあつらえ向きの空間であった。

目隠しをされた早太郎は、息を吹き返したとたんに暴れ始めた。

「あたしは田丸屋の若旦那だよ。無体《むたい》をしたら、とんでもないことになるよ！」

「静かにせえ。どのみち無駄なことは、そなたも分かっておろうが」

伊織の一言に、早太郎は凍り付く。

どんなに騒いでも客のほうから呼ばない限り、茶屋の者が決して現れないことは、連れ込んだ娘に幾度となく、手籠めまがいに無体を働いて承知済みだった。しかし、まさか自分が責められる側に廻るとは、想像だにしたこともなかった。

無言で顎《あご》をしゃくった伊織に応じ、弥十郎が早太郎を抱え起こす。

責め問いを手伝うために、天井裏からそっと忍び込んだのだ。

弥十郎の剛力《ごうりき》に逆らうこともできず、壁際に押し付けられた早太郎の耳元を、ひゅっと何かがかすめた。伊織が馬針《ばしん》を打ったのだ。

続いて、静かな声が聞こえてきた。

「盛り場で、出刃《でば》打ちの芸を見たことがあるだろう」

相手が何をしているのかに気付いたとたん、がくがくと早太郎の両膝が震え出した。

構わず、伊織は淡々と言葉を続ける。

声が近くなったのは、歩み寄ってきたためらしい。

壁に刺さった馬針を抜き取り、伊織は早太郎の耳元で囁いた。

「私の手元が狂うのが早いか、そなたがすべてを話してくれるのが早いか。見料《けんりょう》は一文も要らぬ故、ひとつ気長に付き合ってもらおうか」

「早くしてくれよ。俺は気が短いんだからさぁ」

弥十郎が、わざと焦れた口調で言った。

「そんな……」

早太郎の全身が震えている。

構うことなく、伊織が再び馬針を構えた。

「待って……」

皆まで言わせず、馬針を打ち放つ。

今度は頭上をかすめたらしい。髪の切れる感触に、早太郎は総毛立《そうけだ》つ思いがした。

「そなたは悪運が強そうだの」

歩み寄ってきた伊織の声には、まったく感情が込められていない。

なればこそ、底知れぬ迫力を感じさせて止まなかった。

「されば、三度目の正直と参ろうか」

「待ってくれ！」

早太郎が、懸命の思いで叫んだ。

「話す……話すよぉ」

同時に、ぐいっと壁際から引き離される。

むろん、弥十郎は手を緩めてはいない。

逃げられないように加減してはいても、早太郎が妙な真似をすれば、即座に一撃を喰らわせる積もりであった。

殊更に脅し文句を並べ立てられずとも、六尺豊かな大男に肩を摑まれていては落ち着いてなどいられるものではない。

まして、馬針打ちの手練《てだれ》が付いているとなればお手上げだった。


「絵図を描いたのは毘沙門の新次。相違あるまいな」

念を押す伊織に早太郎が頷いて見せたとたん、みぞおちに重たい拳《こぶし》が打ち込まれた。

たちまち気を失った男の体を再び抱え、伊織は茶屋を後にする。仲居に握らせた部屋代の一分金は、早太郎の紙入れ（財布）から抜き取って充《あ》てた。


天井裏伝いに抜け出した弥十郎はひと足早く、池の畔《ほとり》で待っていた。

早太郎は目を覚ます気配も無い。

受け取った弥十郎は、何事もない様子で言った。

「広小路なら、ひと跨《また》ぎだ。店の裏口んところにでも置いてくるよ」

「いっそ、口を封じたほうが良いかもしれぬがな……」

「なぁに。誰に何をされたかをばらせるほど、肝《きも》が据わっている奴じゃないさ」

案じる伊織にそれだけ言い置き、弥十郎は遠ざかっていく。

人一人抱えていても、力強い足の運びは些《いささ》かも変わらなかった。

見送った伊織は、押し黙ったまま振り向いた。

いつの間に現れたのか、背後の木立の陰には留蔵が立っていた。

「……得心していただけたようですね、伊織さん」

「うむ」

伊織は、一言返しただけである。

詫び言《ごと》は、口にしなかった。

佐吉の潔白を信じ、こうして再び仲間に加わった以上は、くだくだしく詫びるよりも己が行動を以《もっ》て誠意を示したい。そう考えているのだった。

## 二十

翌朝。

毘沙門の新次一家は、八丁堀の道場で汗を流していた。

稽古しているのは、十手双角《じってそうかく》と呼ばれる捕物術だ。

八代吉宗《よしむね》公の御代《みよ》、南北の町奉行所では諸流派から抜粋された捕縛《ほばく》術の型が制定されている。後世にまで伝承された「江戸町方《まちかた》十手捕縄扱《とりなわあつか》い様《よう》」十二型と共に設けられた「江戸町方十手双角」は、十手と菱しを併用する、いわば二刀流の高等技だ。

腕の立つ者や、槍《やり》などの長柄《ながえ》武器を行使する者を相手取ることを想定した、十手双角の術には計十八の型が存在する。毘沙門の新次と滝夜叉の佐吉は、いずれ劣らぬ十手双角の達人だった。佐吉愛用の喧嘩煙管は、菱しの代用品なのである。

「佐吉の野郎……」

木刀《ぼくとう》を持たせた三人の下っ引きを相手取り、稽古用の木製十手と菱しで打ち転がしながら、新次は淡々と、繰り返しつぶやいていた。

「あの野郎の気取った煙管打ちが、二度と評判になることもあるめぇよ」

と、道場の入口から呼びかける声が聞こえてきた。

「親分、ご精が出やすねぇ」

「……紋太かい」

十手と菱しを収めた新次は、下っ引きの差し出す手ぬぐいを受け取って汗を拭く。

「調べはどうなっているんでぇ」

「抜かりはありやせんぜ」

紋太は、自信たっぷりに応えた。

「門前町で居酒屋をやっている、お峰って女《の》が野郎の幼馴染みでしてね……ときどき何処かに飯を運んでいるらしいんでさ」

「そうかい」

微笑んだ新次は、顎をしゃくる。

応じて、一人の下っ引きが立ち上がった。

二十一

昼下がりの根津門前町から、艶《つや》っぽい三十女が出てきた。

居酒屋『あがりや』のお峰である。

風呂敷包みを抱えた女の後を、着流し姿の若い男が尾《つ》けていく。

と、その上体がのけぞった。背後から、首筋に手刀《しゆとう》を打ち込まれたのだ。

はっと気付いたお峰の面前に、六尺豊かな巨体が立った。

「あんた……」

「佐吉親分に会わせてもらおう」

弥十郎の声は、低めてはいても有無を言わせぬ迫力に満ちていた。

二十二

灯台《とうだい》もと暗しとは、よく言ったものである。

佐吉は谷中のとある廃寺の庫裏《くり》に設けられた、穴蔵《あなぐら》に身を潜めていた。

穴蔵は火事の多い江戸に欠かせない、生活の知恵の産物である。あらかじめ床下に縦穴を掘っておき、貴重品を収めておくのだ。霊巌島《れいがんじま》の川口町《かわぐちちょう》に多く在住した窖工《あなぐらこう》と呼ばれる専門の職人が拵える穴蔵は、注文次第でどのようにも仕上げられ、佐吉が避難先に選んだ寺のものも通気性がある、おあつらえ向きの空間であった。

「何しろ、危険と隣合わせの稼業でござんしょう？　こういうところを用意しといたほうがいいって、あたしから吉ちゃんに勧めていたんですよ」

「さすがだな、姐《ねえ》さん」

案内してくれたお峰に謝すると、弥十郎は改めて佐吉に言った。

「……さすがに六日もこんなところに居たんじゃ、好い男が台無しだな。親分」

「おきやがれ」

無精髭を生やした顔で、佐吉は弥十郎に苦笑を返す。案外、元気そうだった。

「留蔵爺さん、俺の金をねこばばしたわけじゃなさそうだな」

意を決して頼んだとはいえ、些か自信が無かったらしい。

「そうそう自分を卑下するもんじゃないぜ、親分……」

弥十郎は、慰めるような口調で言った。

「思ったより、あんたは人徳があるようだな」

「え」

「大蔵屋のおなみちゃんからも、頼まれたんだ。あんたの身の潔白を信じるってな」

「………」

「あの娘《こ》だけじゃない。界隈の連中はみんな、あんたの帰りを待っているぜ。伊織さんと娘のお美代ちゃんもな……もちろん、俺もさ」

ちょっとだけ恥ずかしそうに言い添えると、弥十郎は胴巻きを差し出した。

「こいつは返すよ」

「お前《めえ》」

「おやっさんも承知の上だ。金はもう、十分に受け取っているんでね」

## 二十三

その頃。

佐吉の居場所の目星がついたことをいち早く知らせるべく、広小路の田丸屋を訪問した新次と紋太は、思いがけない光景に出くわした。

「何をだんまりを決め込んでいなさるんですかい、若旦那っ！」

呆れ返られながらも、早太郎は一言も答えられなかった。

夜着を引っ被ってがたがたと震えるばかりで、完全に怯《おび》えきっている。

店の者たちの話によると昨夜、遅くなっても戻らないために総出で捜しに出ようとした矢先、裏口で倒れていたらしい。介抱されて意識を取り戻したものの、ずっとこのような状態に陥ったままだという。

果たして、早太郎をどのような凶事が襲ったのだろうか。

ひとつだけ明らかなのは、錯乱《さくらん》した若旦那に何を求めても無駄ということだった。

「くそったれ……」

苛立たしげに肩を怒らせて去っていく新次と紋太を、一人の小者が見張っている。

それは佐吉の抱え主である、町方同心の配下だった。

二十四

その夜。

「留蔵ってのは、お前《めえ》さんかい？」

根津権現前の辻番所に現れたのは、見事な銀髪《ぎんぱつ》の町同心だった。

「お町（奉行所）の旦那じゃねぇですかい」

留蔵は、慌てて居住まいを正した。

立花恵吾《けいご》、五十五歳。

かつて佐吉の抱え主だった同役の北川左門《きたがわさもん》亡き後、新たに手札《てふだ》を与えて配下にした南町奉行所の臨時廻《りんじまわり》同心である。

現場経験の豊富な年配の者が就く臨時廻は捜査の玄人《くろうと》であり、年若い定町廻《じょうまちまわり》同心よりも頼りになる、人格者が多かった。昨年の十月に留蔵たちが始末した北川のような極悪人はむしろ少数派だったと言っていい。この立花恵吾もまた、信頼に値する男であった。

「上がらさせてもらうぜ」

と、立花は雪駄を脱いだ。

「ああ……構わねぇから、障子は閉めちまってくんな」

戸惑う留蔵に、そっと告げるのも忘れない。きまり通りに腰高障子を開け放ったままでいては口にできない話を、持ち込んできたということなのだろう。

果たして、切り出された用件は俄《にわか》には信じ難い内容だった。

「お前に、たっての頼みがあってな」

「と、申しやすと?」

「昔の義兄弟《ぎきようでえ》のよしみってやつで、佐吉を助《す》けてやっちゃくれめぇか」

「旦那……」

「毘沙門の新次な……あいつは、やりすぎた」

さりげない口調で、古参《こさん》同心は言葉を続ける。

「明日の朝、俺ぁ田丸屋に乗り込んで話《なし》をつける。お前さんはお前さんで、今夜のうちに佐吉の身のあかしを立ててもらいてぇんだ。委細、好きに仕上げてくれて構わん」

「……」

「新次の萎しは仕込みになっている。気を付けてくんな」

それだけ告げると、立花は腰を上げる。

去っていく背中には、一分の隙《すき》も見当たらなかった。

式台に立ったまま見送る留蔵の耳に、ばさっという音が飛び込んできた。

「弥の字なのか？」

梁《はり》から畳の間に降り立った弥十郎に続き、伊織が無言で入ってくる。

「無事で何よりだったよ、おやっさん」

蜘蛛《くも》の巣だらけになった長髪を払いながら微笑む弥十郎の後ろでは、伊織が馬針を脇差《わきざし》の櫃《ひつ》に納めていた。弥十郎は天井裏、伊織は戸口の陰にそれぞれ身を潜め、留蔵の身を密かに守っていてくれたのだ。

「お前たち……」

ほっと安堵の吐息を漏らす留蔵に、伊織は言った。

「あの同心、なかなか思い切りの良い男だの」

「まったくだぜ」

応じて、弥十郎がつぶやく。

「あれだけの貫禄なら、佐吉を御《ぎょ》することができるのも頷けるな」

「感心している場合じゃねぇぞ」

すかさず、留蔵は場を引き締めるのを忘れない。

「田丸屋のほうはお町の同心さんに任せて、早いとこ毘沙門一家の始末を頼むぜ」

弥十郎と伊織は、力強く頷き返した。

## 二十五

弥十郎が突き進む辻の向こうから、伊織の孤影《こえい》が現れた。

いったん長屋に戻り、支度を整えてきたのである。

辻謡曲向けの装いから改め、墨染《すみぞめ》の袷に同色の馬乗り袴《ばかま》を着けている。それは、闇夜に紛れて標的を仕掛けるための殺し装束だった。

二人は、新次と配下たちが縄張りを見回っている最中を狙う積もりだった。無謀なことと思われるかもしれないが、慣れた道を辿っていれば、人は自ずと油断するものだ。

不忍池の畔に出た弥十郎と伊織は、程なく広小路へ出た。

新次一家が、威風堂々と歩いてくるのが見えた。

先頭を行くのは紋太である。殿《しんがり》を務めるのは、三人の下っ引きだ。

下っ引きの一人目は角樽《つのだる》を、二人目は料理と湯呑みが入っているらしい風呂敷包みを捧げ持っている。顔に折檻《せっかん》の跡の残る三人目だけは、何も持たされていなかった。

どうやら見回りの帰りに上野の山へ立ち寄って、夜桜《よざくら》見物としゃれ込む気らしい。

まさに、おあつらえ向きであった。

二十六

上野の桜は彼岸《ひがん》桜、一重《ひとえ》桜、八重《やえ》桜と順々に咲き誇り、三月の末に至るまで花が絶えることがない。

新次と配下たちが目指した場所は不忍池の反対側、東に位置する寒松院《かんしょういん》の原《はら》だった。

折しも二月の下旬である。咲き初《ぞ》めの時期に見られる犬《いぬ》桜を肴に、一杯呑ろうというのだ。

「いい眺めじゃねぇかい」

お目当ての大木が近付いてきて、新次は嬉しそうにつぶやく。

早太郎のことで滅入《めい》った気分も、幾分やわらいでいるようだった。

と、その双眸が険しくなった。

「……親分」

紋太も、目ざとく気付いたらしい。

足を止めて、顎をしゃくる。

殿を務めていた下っ引きたちが足元に荷物を置き、すっと前に出た。

下っ引きはふつう、十手を所持していない。

遅滞なく懐に突っ込んだ右手を抜いたとき、三人は九寸五分を握っていた。

「何者ですかねぇ」

「佐吉に頼まれた連中かもしれねぇな」

うそぶく新次の顔には、余裕の笑みが浮かんでいる。

「あいつらで十分だろうよ」


三人の下っ引きが襲いかかってくる。

「参るぞ」

「応《おう》!」

短く言葉を交わした刹那、弥十郎と伊織は起動した。

拳を固めた弥十郎は、風を巻いて突進する。

たちまち、一人目が崩れ落ちた。

悶絶させるだけの当て身ではない。

体重を存分に乗せた一撃は、肋骨《ろっこつ》を確実に折り砕く。

その時、伊織は足払いをかけた二人目の額《ひたい》に、深々と馬針を打ち込んでいた。しっかりと握り込んだ刃を見舞われた敵は、痙攣しながら冷たい地面に崩れ落ちていく。

「ひっ」

折檻で頬を腫《は》らした三人目の下っ引きが、慌てて逃げ出そうとする。

刹那、闇を裂いて馬針が飛んだ。

背後から首筋を貫かれ、最後の一人が斃《たお》される。

「何をしていやがる、頼りにならねぇ野郎どもがっ！」

怒りの声を上げて、紋太が突っ込んでくる。

応じて、弥十郎の巨体が舞った。

その場跳びで、己の身の丈ほども飛翔《ひしょう》したのだ。

「くそ……！」

闇雲に振り回した短刀も、身を守る用は為さない。

びゅっ、びゅっと連続して音を立てはしたものの、何の手応《てごた》えも残さずに空《くう》を裂いただけだった。

次の瞬間、乾いた音が響き渡る。

紋太の頸骨が、弥十郎の蹴撃でへし折られたのだ。

地に降り立った弥十郎は、転がった短刀を無言で拾い上げた。

この若者は、剣術と柔術《じゅうじゅつ》を併《あわ》せ修《おさ》めている。

記憶が失われていても、五体に叩き込まれた術技まで忘れ去られてはいないのだ。

弥十郎が会得《えとく》した柔術は他流派にも増して、戦国乱世の組み討ちに用いられた格闘術の有り様《よう》を色濃く残している。

首取りを目的とする合戦場での組み討ちには、槍も刀《かたな》も必要とはされない。

九寸五分の短刀一振りさえあれば、何の不足も無かった。

二十七

「お前《めえ》ら……」

新次が、低い声で呻いた。

「俺に逆らって、この江戸で生きていけると思っていやがるのか」

「無論」

対する伊織の表情は変わらない。

「そなたが如き外道どもに、まっとうに日々を送っておる人々の生き死にを左右されては叶わぬ」

「言うじゃねえか」

不敵な笑みを浮かべて、新次は萎しを抜いた。

見れば、左手には黒光りする十手が握られている。

この男、ただの悪党ではない。

十手御用に携わる者のために体系化された、戦闘術の遣い手なのだ。

弥十郎と伊織は、さっと身構えた。

一対二の窮地に立たされていながら、新次はまったく臆していないと瞬時に悟ったのだ。

弥十郎が突進する。

真っ向から刺突《しとつ》してくる刃を得物で受け止めるべく、新次は待ち構える。

と、弥十郎は走りながら構えを変じた。

逆手《さかて》に握っていた短刀をくるりと持ち替え、片手打ちに斬りつけてきたのだ。

短刀を刀と同様に振るうとは、無謀に過ぎよう。

剣術に熟達した、弥十郎らしからぬ攻撃だった。

「甘いぜ、若造っ」

新次は慌てることなく右手の菱しを前に出し、斜めに打ち込む。受けに廻ることなく、攻めて制する腹積もりなのだ。

「あ！」

二条の得物が激突した瞬間、新次の表情が凍り付く。

必殺の菱しが、脆《もろ》くも割れ砕けたのだ。

鍛鉄製の武具が、ただ一撃で粉砕されるはずはない。

しかし棒身が割れ、中に仕込まれた細身の刃だけが辛うじて、弥十郎の短刀と嚙み合っているのは、紛れもない現実の光景であった。

「馬鹿な……」

「愚かなのは己が得物を気遣えなんだ、そなた自身と知れ」

伊織は、当然といった口調で告げる。

「刃を仕込むとなれば、自ずと棒身は薄くなる。なにしろ、鞘になるのだからな。ふつうの菱しと同様に振るっておれば、長くは保《も》つまい」

「………」

伊織の指摘する通りだった。

肌身離さずに持ち歩いてはいても、実用に供したのは過日、大蔵屋仁兵衛を無惨にも撲殺したのが初めてである。

それを新次は稽古用の萎しと同じに考え、思い切り振るっていたのだ。

愚策以外の何物でもあるまい。

だが、新次の手にはまだ、仕込み刃が残されている。

「野郎！」

怒りの声を上げて、新次は突進した。

伊織が馬針を投じるより速く、弥十郎が風を巻いて飛びかかる。

九寸五分の刃が唸りを上げた刹那、乾いた金属音と共に、短い刀身が弾けて飛んだ。

弥十郎の短刀ではない。

新次の仕込み刃が、音立てて打ち折られたのだ。

暗殺武器として重宝される仕込みの類いも、その刀身は概して細い。代表格と言うべき仕込み杖《づえ》は言うに及ばず、いずれも本来の用途に反し、かつ怪しまれないように収納する以上、どうしても刀身は細く、あるいは薄く造らざるを得ないからである。

その点、短刀ならば、剣術の心得を備えた者が振るえば十分に、刀勢が乗った一撃を放つことができる。弥十郎の短刀が仕込み刃を折り砕いたのも、必然の結果と言えよう。

「くそ……」

柄だけになった萎しを投げつけた新次が、十手を右手に持ち替えようとした瞬間、伊織の手元から光芒《こうぼう》が放たれた。

十手が弾け飛んだのと、弥十郎が新次を組み伏せたのは、まったくの同時だった。

弥十郎の握った九寸五分が、怒りを込めて走る。

「ひっ！」

喉笛《のどぶえ》に刃が沈んでいく感触に恐怖しながら、毘沙門の新次は息絶えた。

「……………」

弥十郎は、無言で立ち上がった。

これが合戦場ならば切断して首級《しるし》を挙げるところであろうが、いかに相手が外道といえども、必要以上に残酷な扱いをする積もりは無い。

ただ、ふさわしい場所に送り込むまでのことだった。

## 二十八

翌朝。

毘沙門の新次の亡骸は数寄屋橋《すきやばし》に在る、南町奉行所の門前に打ち棄てられていた。

むろん抱え主の同心は言うに及ばず、奉行所の誰もが知らぬ存ぜぬを押し通した。

もとより、岡っ引きは非公式な存在である。

たとえ冷たい骸《むくろ》となって発見されたところで、特別に扱われることもない。

時を同じくして上野の山で殺されていた四名の配下ともども、南町の面々は新次を奉行所とは無関係の者として処分したのだ。

古参同心の立花恵吾は、事を上手く運んでくれたらしい。

留蔵たちにまったく累が及ぶことはなく、佐吉は無事に根津へ戻ってきた。

大蔵屋のおなみを初めとする界隈の住人たちが喜んだのは、言うまでもあるまい。

佐吉が辻番所を訪ねてきたとき、留蔵は買い物に出かけていた。直《じか》に顔を合わせるのはまだ恥ずかしいようで、いなくなる頃合いを見計らってきたらしい。

「礼を言うぜ、若いの」

そう述べる佐吉の表情は、何とも照れ臭そうだった。

「お前さん、今夜は番所を抜けられるかえ？」

「別に構わないけど……」

何を言い出すのかといった顔で見返す弥十郎に、佐吉は微笑みながら付け加える。

「そうだ。辻謡曲の旦那にも、ぜひ一声かけてくんな」

## 二十九

その夜。

弥十郎と伊織は、門前町の『あがりや』に招かれた。

この店には狭いながらも、奥に小上《こあ》がりの座敷が設けられている。

常連でもないのにと遠慮する手を引くようにして、お峰は二人を座敷に上げた。

すでに、卓上には鯛《たい》のお造りを盛った皿が置かれていた。

居酒屋の板場で用意できるご馳走ではない。客の求めに応じて捌《さば》いてくれる振り売りの魚屋に、わざわざ注文してくれたのだろう。

鯛は冬から春にかけてが旬であり、刺身で食《しょく》するには今が一番良い時期だ。

弥十郎と伊織の喉が、ごくっと鳴る。

留蔵も美代もたまに頭《かしら》やかまを手に入れ、粗煮《あらに》に仕立ててくれることはあったが、刺身を目にするのは久しぶりのことだった。

「遠慮しねぇで、呑《や》ってくんな」

弥十郎に杯を握らせ、佐吉はいそいそとちろりを取る。

酌を受けた弥十郎は、ぐっと一息に干した。

「ほう」

佐吉は二杯目を注ぐのも忘れて、思わず瞠目《どうもく》した。

夕飯時に見回りがてら辻番所の前を通りかかっても、この若者が酒杯を傾けているのを見たことは一度もない。もっぱら呑《の》むのは留蔵ばかりで、弥十郎はといえば、どんぶり飯を黙々と平らげているのが常だった。

「お前さん、結構いける口だったんだな」

「うん」

ふうっと満足そうな吐息を漏らして、弥十郎はつぶやく。

「……どうやら、俺は斗酒《としゅ》なお辞《じ》せずの手合いだったらしい」

「そうかい」

佐吉は、嬉しそうに微笑み返す。

「手前《てめえ》の過去《むかし》より先に酒の味を思い出すとは、こいつぁ頼もしいや」

隣の席では、伊織が手持ちぶさたな顔をしていた。

「どうぞ」

すかさず板場から戻ってきたお峰が、黄万里《きまり》の杯を手渡そうとする。

「気遣いは無用に願おう」

伊織は、謹厳《きんげん》な面持《おもも》ちを崩すことなく言った。

「私は不調法でな。茶を頂戴できれば有難いのだが」

「そう言いなさんな、田部の旦那」

と、佐吉が躙《にじ》り寄ってきた。

弥十郎の返杯を一気に三杯空けて、すでに微醺《びくん》を帯びている。

「お前さん、酒を断《た》っていなさるだけなんだろう？」

「え」

弥十郎が、驚いた表情を浮かべる。

「どうして、そんなことが分かるんだい」

慌てた顔の伊織に止められるより早く、佐吉は答えた。

「四年前《めえ》に父娘で根津へ越してきたばかりの頃、升酒屋（立ち飲み屋）でちょくちょく行き合ってたな」

「それは言わぬ約束だぞ、親分っ」

「ま、いいじゃねえか」

諸手を挙げて伊織をなだめ、佐吉は言葉を続けた。

「可愛い娘さんに嫁入り支度をさせるために好きな酒を断つなんざ、なかなかできることじゃねえやな……この店で良かったら今夜だけとは言わず、懐具合を気にせずにいつでも来てくんな」

「親分、それでは余りにも……」

戸惑う伊織に、お峰が笑顔で告げた。

「吉ちゃんの好きにさせてやってくださいな、旦那」

いつの間にか、伊織の手には杯が握らされていた。

「怖いお兄さんより、あたしのお酌のほうがよろしいでしょ、ね？」

魅惑たっぷりの微笑みを投げかけられた伊織は、そっと杯を出す。

神妙に受けた一杯目を皮切りに、たちまち飯台の上に空のちろりが並ぶ。

鯛のお造りは一切れ残らず、きれいに平らげられた。

「お前《めえ》ら……」

大儀そうに杯を空けた佐吉は、やっとのことで言葉を続けた。

「……そんだけ呑んで、どうして平気でいられるんでぇ？」

対する伊織と弥十郎は、平然と酒杯を傾けている。共に、酔いの色は微塵も浮かんではいない。剣を取る身として加減を心得ながら、無理をすることなく、久方ぶりの酒宴を楽しんでいるのだ。

一方の佐吉はと見れば、いささか意地を張りすぎてしまったらしい。よく日に焼けた精悍な造作が、すっかり赤黒く染まっている。

「馳走になっている手前、言い難いのだがな……」

前置きしながら、伊織はさりげなく咳払いをした。

お峰は、土間に溢《あふ》れた常連客の応対で忙しいようである。聞こえていてくれれば助かると心の内で念じながら、伊織は平素と変わらぬ、落ち着いた口調で告げる。

「そのへんにしておいたほうが良いぞ、親分」

「おきやがれ」

すかさず毒づき、佐吉は弥十郎のちろりを引ったくる。

「もう止めなって」

「うるせぇやい！」

取り合わず、佐吉は手酌で波々と杯を満たす。

「酒と喧嘩じゃ負け知らずの佐吉さんが、瘦せ浪人と辻番の兄ちゃん相手に呑み負かされたとあっちゃ、男が立たねえんでぇっ」

ついさっきまでは青息吐息《あおいきといき》だったとは思えぬ勢いで、佐吉は一息に酒杯を干した。

と、その視線が宙に泳ぐ。

酔い潰れた佐吉が卓に突っ伏したとたん、空のちろりが派手派手しく跳ね上がる。とっさに手を伸ばした弥十郎が摑み止めたところで、障子が開いた。

「あらあら」

お峰は慌てる様子もなく、前掛けで手を拭きながら座敷に昇ってくる。

「しょうがないわねぇ、吉ちゃんったら……」

甲斐甲斐しく介抱を始める様子を尻目に、伊織は無言で立ち上がった。

応じて、弥十郎もそっと腰を浮かせる。

「今宵は忝《かたじけの》うござった。心より、礼を申すぞ」

「ご馳走さん」

常連客たちも気を利かせて、すでに河岸《かし》を変えた後らしい。

「またのお越しを、お待ちしております」

お峰に会釈して土間に降り立つ二人の横顔は、晴れやかな笑みに満ち満ちていた。

## 三十

辻番所の暗がりで留蔵が独り、湯呑みを傾けている。

「あいつら……」

火鉢に掛けられた鉄鍋の中では、豆腐と細切りの油揚げが所在なげに揺れている。

おひつの冷や飯も、今夜はまったくの手つかずだった。

いつも旺盛な食欲を発揮してくれる弥十郎がいなくては気が乗らず、箸が伸びないのも致し方あるまい。進むのは、寂しい空っ酒《からざけ》ばかりだ。

「俺をほったらかしにするなんざ、冷たすぎるじゃねぇかい！」

ぼやく老爺をよそに、夜の根津門前町は変わらぬ活況を呈している。

江戸の春は、今がまさに盛りだった。

# 夢花火

## 一

江戸は皐月《さつき》を迎えていた。

衣替《ころもが》えもそこそこに、江戸の庶民たちは指折り数えて川開《かわびら》きの日を待ち侘《わ》びる。

五月二十八日（陽暦七月七日）から八月の末まで、大川《おおかわ》（隅田川）では納涼の船遊《ふなあそ》びが解禁となる。

鬱陶《うっとう》しい梅雨《つゆ》が明け、いよいよ夏本番となる時期の江戸の風物詩。

それが川開きの夜に催される、両国橋《りょうごくばし》の花火大会だった。

明るい日差しが、式台《しきだい》に差している。

雨雲は退散し、路上の水溜まりもだいぶ乾いてきた。

「もうすぐ梅雨明けだな」

辻番所の前に立ち、留蔵は眩《まぶ》しそうに青空を見上げていた。

老爺《ろうや》の装いは、紺木綿《こんもめん》の袷《あわせ》である。

江戸の人々は、去る四月一日（陽暦五月十二日）に衣替えを済ませたばかりだ。

暦の上では一月から三月が春、四月から六月が夏となる。

四月の朔日《ついたち》を境にして冬物の綿入れは用いず、足袋《たび》も重陽《ちようよう》の節句の前日、すなわち九月八日までは履かないのがきまりだったが、梅雨どきの朝夕の冷え込みは、六十三歳になる留蔵には些《いささ》か辛《つら》い。

長着《ながぎ》の下に着けた腹掛《はらが》けと股引《ももひき》は変わらず、締めているのも一本きりしか持っていない博《はか》多帯《たおび》だが、本場の茶献上《ちやけんじよう》は明るい紺地の袷によく似合っていた。

番所の中では、弥十郎が調べ書きの清書に励んでいた。

「早えとこ、二十八日にならねぇかなぁ……」

素足に草履《ぞうり》履きで往来に立ち、留蔵はそわそわと足踏みをする。

何とも落ち着かなげな様子なのも、無理はないだろう。

十日後は、いよいよ待望の川開きである。

江戸の水に馴染んでから四十余年。両国の花火を見物しないことには、こうして衣替えを済ませても、夏が訪れたという気分にはなれないのだ。

「爺さん、小便が近《ちけ》えんじゃねぇのかい？」

「漏らしちまわねぇうちに、とっとと雪隠《せっちん》へ行ってきねぇ」

辻番所の前で客待ちしていた一組の駕籠《かご》かきが、からかいの声を投げかけてくる。

「おきやがれ」

笑いながら毒づく老爺の目が、きっと鋭くなる。

辻にたむろしている駕籠かきの一人が、おもむろに立ち小便をおっ始《ぱじ》めようとしているのに気付いたのだ。

「こらっ！」

留蔵の注意を聞き流し、駕籠かきは悠々と下帯《したおび》の前をくつろげる。

いちいち最寄《もよ》りの裏長屋で便所を借りるほど、彼らはお行儀良くはない。

稼業柄、尻っぱしょり姿で日がな一日過ごす身となれば、いつでも何処でも尿《いばり》を垂れるのに不自由はなかった。

しかし、後から掃除をさせられる身にしてみれば、堪《たま》ったものではあるまい。

「この野郎っ」

肩を怒らせて、留蔵が不心得者へと詰め寄っていく。

と、駕籠かきの大きな体が宙に浮いた。

いつの間にか番所から抜け出してきた、弥十郎の仕業である。

股ぐらに両腕を廻し、ひょいと持ち上げた格好は、あたかも赤ん坊に用を足させる母親のようだった。

「何をしやがるんでぇ!」

「惣後架《そうこうか》はすぐそこだ。横着《おうちゃく》したいんなら、俺が連れてってやるさ」

「くそったれ、放しやがれ!」

息巻く駕籠かきを抱えたまま、弥十郎は隣接する裏長屋の路地《ろじ》に入っていく。

屈強な男も、六尺豊かな若者の手にかかれば、まさに赤子《あかご》扱いである。

「なぁ……兄《にい》ちゃん……」

駕籠かきの怒声は、いつしか哀願に変わっていた。

「頼むから、降ろしてくんな……も、漏れちまうよ」

「我慢しろ。こどもらに笑われるぜ」

さらりと答える弥十郎の装いは相変わらず、手綱《たづな》柄《がら》の袷だった。

昨年の十月に辻番所へ引き取られて以来、この若者は着物を一枚しか持っていない。

綿入れを購《あがな》うこともないままに冬を越した弥十郎は春が過ぎ、夏を迎えても、衣替えをせずに通している。

頑健な肉体が冬物を必要としなかったこともあるが、父親とも思う留蔵に無駄な費《つい》えを出させたくはないと思えばこそ、新しい服をねだろうとはしなかったのだ。

抱えられた駕籠かきが我慢しきれずに、虎の子の一着を迂闊《うかつ》に汚してしまえば、どんな目に遭わされるやら分かったものではないだろう。

しかし、路地の一番奥に設けられた便所までは、まだまだ遠い。

駕籠かきは目を白黒させながら、必死で尿意と戦う。

「まるで赤んぼだなぁ」

「おいらたちも付いていって、しーしー言ってやろうか?」

珍妙な光景を見物しながら、長屋のこどもたちはけらけらと笑い転げるのだった。

二

夕闇迫る本郷を、大きな重箱《じゅうばこ》を提げた娘が歩いていく。

島田髷《しまだまげ》に被《かぶ》せた手ぬぐいの下から覗《のぞ》く、くりっとした瞳《ひとみ》が愛らしい。

お仕着《しき》せらしい縞《しま》の袷と前掛《まえか》けは、すでに裾短《すそみじ》かになっている。

育ち盛りの伸びやかな四肢《しし》は、匂い立つような若さを感じさせる。絵心のある者ならば筆を取ってみたくなるであろう、健《すこ》やかな色香に満ちた美少女だった。

お花《はな》、十六歳。

彼女の奉公先は、本郷の菜屋《さいや》だ。

江戸のあちこちに店を構える菜屋では、買って帰ればそのまま飯のおかずになる煮染《にし》めや煮豆《にまめ》を店頭で売るだけでなく、飯を付けて宅配までしてくれる。

ここ本郷で一番のお得意先といえば、界隈の大名屋敷だ。

参勤交代に随行して出府する単身赴任の下士《かし》は、屋敷の守りを固める塀を兼ねた御《お》長屋の一棟を与えられ、侘《わ》びしい独り住まいをしている。

彼らは外食で無駄な費えがかさむのを惜しみ、藩邸にお出入りを許された菜屋を唯一の糧道《りょうどう》と恃《たの》みにするのが常だった。

たとえば加賀《かが》百万石の前田《まえだ》家のように、下士のみならず若党《わかとう》・中間《ちゅうげん》といった江戸雇いの武家奉公人に至るまでの食事をすべて藩邸内で賄《まかな》い、名産の加賀米を幾らでも炊き出してやれる体制が整っていれば、誰も困りはしない。

しかし、多くの藩邸の台所方《だいどころがた》は、そこまで行き届いてはいなかった。

二刀をたばさむ身では町人相手の飯屋への出入りも憚《はばか》られるし、諸大名の領内での長閑《のどか》な暮らしに慣れた勤番侍《きんばんざむらい》たちにとって、江戸表《おもて》の物価は高直《こうじき》に過ぎる。

その点、鮑《あわび》やするめを四季の根菜《こんさい》に焼き豆腐、こんにゃくと焚《た》き合わせた菜屋の煮染めは安くて美味であり、頼めば弁当にしてもらえる。おまけに器量《きりょう》好《よ》しの看板娘がわざわざ長屋まで届けてくれるとなれば、まったく申し分あるまい。お花を抱える菜屋の人気が本郷界隈でつとに高いのも、頷《うなず》ける話だった。

しかし、今日のお花は、何とも顔色が冴《さ》えない。

働き者で愛想が良いと評判の看板娘が、一体どうしたのだろうか。


「何をしょんぼりしているんだい。お花坊？」

声をかけてきたのは、威勢の良い三十男だった。

髭《ひげ》の剃《そ》り跡が濃い、見るからに男っぽい造作《ぞうさく》をしている。

毛臑《けずね》を剝《む》き出した尻っぱしょりの装いでも、お仕着せの法被《はっぴ》姿で後ろ腰には木刀《ぼくとう》を差しているとなれば、自《おの》ずと貫禄《かんろく》が違う。

「勝平《かっぺい》さん」

立ち止まったお花の顔にも、警戒の色は浮かんでいない。

この男とは、かねてより顔見知りなのだ。

「うちのお屋敷でも、ご勤番のお侍衆が心配していたぜ。このところ、お花坊の尻を撫《な》でてやってもちっとも怒鳴られないんで、悪戯《いたずら》する張り合いがなくなっちまったってな」

いやらしいことを口にしても嫌味が無いのは、人徳と言うべきだろう。

勝平、三十三歳。

本郷の北西、小石川御門外《こいしかわごもんがい》の水戸藩上屋敷《みとはんかみやしき》に仕える陸尺《ろくしゃく》だ。

昨秋に縁《えん》あって辻駕籠屋のお兄《あにい》さんから同屋敷の奉公人へ出世を果たし、折しも十月に新藩主の座に就いたばかりの徳川斉昭《なりあき》公の乗物《のりもの》を担ぐ身として、ここ本郷界隈では一目も二目も置かれていた。

「何か、悩みごとでもあるんじゃねえのか」

「………」

大きな瞳を伏し目がちにしたまま、お花は黙り込んでいる。

美少女のこういう顔を目の当《ま》たりにして、男なら放っておけるものではないだろう。

「俺で良かったら、言ってみねぇ」

「お屋敷に戻らなくてもいいの?」

「心配《しんぺぇ》するねぇ」

勝平は、にやっと笑ってみせた。

「仕えてみると、お大名屋敷ってのも案外いいかげんなもんでな……門番にちょいと鼻薬《はなぐすり》を効かせりゃ、閑《ひま》なときにはこうしてほっつき歩いていてもお咎《とが》めなしなのさ」

「すっかり、お屋敷でもいい顔なのねぇ」

感心した様子のお花の手から、勝平はさりげなく重箱を取る。

「もう帰るところなんだろう？　店まで送っていくぜ」

三

本郷の大路《おおじ》を歩きながら、お花と勝平は言葉を交わしていた。

ふたつの影法師が、乾いた路上に長々と伸びている。

「花火師？」

「歳《とし》は三つ上でね、あたしと同じ長屋だったの」

「ふうん……で、俺っちより好《い》い男なのかい？」

「聞かないほうが良くってよ」

「おきやがれ」

くすっと微笑むお花に、勝平はすかさず切り返した。

「それにしても……看板娘のお前《めえ》が祝言《しゅうげん》を挙げるとなりゃ、がっかりして他所《よそ》の菜屋に鞍《くら》替《が》えしなさるお侍が増えるこったろうなぁ」

「嫌なこと言わないでよ、もう」

むくれながらも、お花の顔は晴れやかである。

気心のよく知れた得意客で、始終ふざけていても根は真面目な性分の勝平にこうして話を聞いてもらえているのが、嬉しいのだ。

彼女の悩み事というのは、その許嫁者《いいなずけ》のことだった。

「で、文六《ぶんろく》って果報もんは祝言を日延べにしたい。そう言っているのかい」

「なぜって聞いても、さるお殿様に大きな仕事を頼まれた、詳しいことは話せねえとしか答えてくれないの……」

お花の笑顔が、ふっと翳《かげ》りを帯びた。

「あたしのこと、六ちゃんは信じていないのかもしれないね」

「馬鹿を言うもんじゃねえ」

勝平の口調が、おもむろに厳しくなった。

「職人ってのはそういうもんだぜ、お花坊。その女房になろうってんなら、仕事の詳しい話は身内にも明かせねえってことを覚えておかなきゃ、とても一緒にやっていけねえぜ」

娘の軽はずみな発言を窘《たしな》めながらも、勝平の表情は優しい。

「とにかく一遍《いっぺん》お店《たな》に戻ってから、そいつを訪ねてみようじゃねぇか。旦那さんには俺が付いていくから安心だって、掛け合ってやろう」

「いいの？」

そこまで甘えて良いのかといった戸惑いを見せるお花に、勝平は言った。

「俺ぁ、駕籠かきなんだぜ。いちど請け合ったら、どこまでも送り届けてやるさね」

四

毎年、川開きの日に大川の両国橋上流で花火を打ち上げる玉屋《たまや》は、下流を受け持つ鍵屋《かぎや》と並ぶ最大手の花火商だ。

お花の許嫁者は、その玉屋お抱えの花火師の一人だった。

「兄弟子が大勢居《い》るんだろうに、大事《でえじ》な注文を名指しで頼まれるってことは、よっぽど腕が立つんだろうなあ」

「花火のことをあたしに聞かれたってわからないよ、勝平さん」

文六の許《もと》へ向かって夜道を歩きながら、お花は可愛い口をとんがらせる。

「あたしが知ってるのは、六ちゃんは小さいときから喧嘩《けんか》っ早いけど、弱い者いじめが大嫌いな、とっても優しい人だってことだけだもん」

「そいつぁ、ごちそうさん」

苦笑しつつも、勝平はどことなく安心している様子だった。

お花の気分が晴れてきたところで、何やら一人で抱え込んでいるらしい文六という若者のほうもすっきりと気晴らしをさせ、首尾良く祝言を挙げさせてやりたい。

心の底から、そう願っていた。


本郷追分に至り、団子坂《だんござか》を下り切った頃には、日は完全に暮れていた。

「ちょいと待ってな」

菜屋の親爺が持たせてくれた提灯《ちょうちん》を点《とも》して、勝平は先に立つ。

大小の寺が密集する谷中を抜ければ、そこは下日暮里《しもにっぽり》の田園地帯である。

文六の住まいは、日暮里の野にぽつんと建っている一軒家だった。

火薬を扱うことを生業《なりわい》とする花火師が仕事場兼用で住まいを構えるとなれば、江戸市中というわけにはいかないらしい。

お花や勝平の暮らす本郷でさえ、厳密には江戸の外れである。

歯磨き粉「乳香散《にゆうこうさん》」の元祖として知られる、三丁目の『かねやす』を指して、

「本郷もかねやすまでは江戸の内《うち》」

と言われるのは享保《きようほう》十五年（一七三〇）の大火で湯島《ゆしま》から本郷の一帯が燃えたとき、時の南町奉行だった大岡越前守忠相《おおおかえちぜんのかみただすけ》の指導の下、江戸市中の防火対策として本郷三丁目より手前では従来型の火災に弱い板屋根・茅葺《かやぶき》屋根が禁じられた史実に由来する。それから百年を経ているとはいえ、文六の住む小屋が未《いま》だに茅葺というのは無理からぬことだった。

「根津の辺りに長屋を借りりゃ、通えないこともねえだろうに……」

さすがに呆れた様子の勝平に、お花はかばうような口調で言った。

「新しい花火を思いついたらすぐに作れたほうがいいんだって言い張って、あたしが幾ら勧めても聞いてくれないのよ」

「所帯を持つとなりゃ、さすがに考え直してもらわなくちゃいかんなぁ」

文六の職人気質《かたぎ》を認めていた勝平が前言を翻《ひるがえ》したのも、当然だろう。

このような寂しいところに構えた仕事場に日がな一日籠《こ》もりきりになり、可愛い許嫁をほったらかしにして、文六はどのような花火を工夫しているというのだろうか。

近隣の農家から借りた小屋の中は暗く、しんと静まり返っている。

「六ちゃん、あたしよ、花よ！」

お花が幾ら板戸《いたど》を叩いてみても、返事は無い。

「明かりが点《つ》いていねぇってことは、留守なんじゃねえのかい」

溜め息を漏らした勝平が中を覗こうとしたとたん、がらっと板戸が引き開けられた。

「何をしていやがるんだい、おっさん！」

どうやら、お花の声も聞こえていなかったらしい。

日が暮れて冷え込んできたというのに長着を脱ぎ、紺木綿の腹掛けと股引を着けているだけの軽装だった。

小柄ながらも均整の取れた、引き締まった体格をしている。

文六、十九歳。

生意気盛りの若者はぎょろっとした目を剝《む》き、肩を怒らせて勝平を威嚇《いかく》する。

「人《しと》が考え込んでる最中だってえのに、邪魔するないっ」

「そうとんがるなよ、兄《にい》さん」

年上の余裕で、勝平はやんわりと呼びかけた。

「お前《めえ》の可愛い許嫁が来ているんだぜ、すぐに気付いてやんなきゃいけねえよ」

「え……」

文六は、かすかに戸惑いの色を浮かべた。

「六ちゃん」

すっと前に出たお花は勝平の目も憚らず、文六に抱きついた。

「何度も呼んでるのにさ、どうして答えてくれなかったんだいっ」

「すまねぇ」

べそをかく美少女の肩を抱き止め、文六は素直に詫びている。

その様子を見やり、勝平は安堵した。

何やら思い詰めているようだが、相愛の許嫁のことを完全に忘れてしまっていたわけではないのだ。

要は真面目すぎるほど真面目であり、頼まれた仕事に没頭していただけなのだろう。

若いながらも、職人として申し分のない性格のようであった。

「なぁ、ご両人」

頃合いと見て、勝平は言った。

「このましっぽりとさせてやりてぇところだが、顔を見せたらすぐに連れ帰ってくれって菜屋の旦那に釘を刺されているんでな、勘弁しねぇ」

「勝平さんっ」

お花は、恥ずかしそうに頬《ほお》を赤らめる。

しかし、文六の態度は堅かった。

「あんた、勝平さんっていうのか」

「ああ」

「お花とは、どういう知り合いなんだい」

「うちのお屋敷はお花坊んとこの菜屋に世話になっているもんでな。ちょいと送り迎えを引き受けただけだ。安心しねぇ」

「そうかい」

喧嘩腰ではなくなったものの、ぶっきらぼうな態度は変わらなかった。

「お花が世話になった礼は言うが、あんまりお節介は焼かないでもらいたいな」

「何だって？」

「俺は今、大きな仕事で頭ん中が一杯なんだ。すまないが、もう引き取ってくんな」

後半は、お花に対する言葉だった。

「六ちゃん……」

又しても泣きそうな面持ちになったお花をちらっと見やっただけで、文六は暗い小屋の中に戻っていく。

剝き出しの背中は、夜目《よめ》にも肉が落ちているように見えた。

許嫁も寄せ付けられぬほどの苛酷な戦いに、あの若者は敢《あ》えて挑んでいるのだ。

押し黙ったお花の肩にそっと触れ、勝平は言った。

「お前も心配だろうが、これが職人気質ってもんだろうよ。しばらくの間は、そっとしておいてやったほうがいい」

優しく説《と》き聞かせながらも、勝平は何か言い知れぬ不安を覚えていた。

## 五

留蔵が、七輪《しちりん》で目刺《めざ》しを焼いている。

夏前で脂《あぶら》が落ちているとはいえ、丸干しではないので立ち上る煙は馬鹿にできない。

丈夫とはいえ、さすがに寄る年波で歯が立たず、留蔵が口にする目刺しといえば生干しに限られていた。

「堪《たま》らねえな、まったく……」

遊客《ゆうきゃく》たちがぼやきながら、辻番所の前を行き交《か》う。

すでに六つ半（午後七時）を過ぎていた。

この時代の夕餉《ゆうげ》にしては、些か遅すぎる頃合いである。

留蔵はどことなく浮かない様子で、目刺しをひっくり返す。

その背中に、呼びかける声が聞こえてきた。

「まだ元気だったかい、爺さん」

振り向いた留蔵の目の前に立っていたのは、陸尺の勝平だった。

「ご挨拶《あいさつ》だな、勝」

ぶすっとした顔で、留蔵は言った。

「お屋敷へ戻る途中にしちゃ、ずいぶんと遠回りなんじゃねえか」

「なぁに。久しぶりに、お前さんのしなびた顔《つら》が拝みたくなったもんでなぁ」

「何を言ってやがる」

毒づきながら、留蔵は顎《あご》をしゃくる。

辻番所を背にして右へ行けば、そこは根津権現門前の岡場所である。

「お前が会いに来たのは、ご無沙汰している敵娼《あいかた》だろうが？　さっさと行っちまいな」

「相変わらず、口の減らねえ爺さんだ」

苦笑した勝平が歩き去ると、入れ替わりに、一人の浪人が番屋の前に立った。

「伊織さんじゃねえですかい」

顔を上げた留蔵が、驚いた様子で言った。

「こんな時分に、どうしなすった」

「弥十郎から、また貸してもらいたいと頼まれておったのでな……」

田部伊織が左手に提げていたのは、古びた黒鞘《くろさや》の刀《かたな》だった。

「弥の字が？」

留蔵は怪訝《けげん》そうな表情を浮かべた。

刀身《とうしん》は疾《と》うに売り払い、拵《こしら》えだけということは、かねてより承知の上である。

「たとえ竹光《たけみつ》でも、稽古《けいこ》に入《い》り用《よう》なのであろう」

弥十郎は昨年末に深川の道場へ一時通っていたが、今は足も遠退《とおの》き、毎朝の日課に裏の空き地で独り稽古をしているだけだった。

「私にも覚えがあるが、居合《いあい》の業前《わざまえ》を錬《ね》るには鞘付きでなくては用を為《な》さぬ。棒切れなど振っているだけでは、物足りなくなってきたのであろうな」

「そういうもんですかねぇ」

弥十郎が記憶を失っていても、剣術と柔術《じゅうじゅつ》の卓抜した技量を備えていることは二人とも承知していた。

あの若者が振るう技は、防具を着けて竹刀《しない》で打ち合う道場剣術ではなかった。もちろん立ち合い稽古の下地《したじ》も身に付いているようだが、本領とするのは乱世の合戦場で鎧《よろい》武者《むしゃ》が行使した、居合術と目された。

いずれの流派なのかまでは、見取《みと》り上手の伊織にも未《いま》だ判然とはしていない。

しかし、向き合った敵の呼吸を正確に見切り、鞘から刀を抜き取って奪うのと同時に斬り倒す弥十郎の得意な一手は、居合を転用したものと見なすべきであろう。

「稽古とは、頭ではなく体が欲するものだ。腕が鳴っておるのだろうな」

伊織の指摘が、すべてを言い尽くしているようだった。

「して、弥十郎は？」

「佐吉に誘い出されて、門前町の『あがりや』で呑《の》んでまさ」

留蔵の口調がとげとげしいのも、無理はあるまい。

このところ弥十郎は辻番所で夕食を摂《と》らず、佐吉の幼馴染《おさななじ》みのお峰が営む『あがりや』へ足を向ける機会が増えてきた。

「お前さんも、時々お出《い》でなさるそうですね」

「知っていたのか、おやっさん……」

伊織は気まずそうな表情になった。

「まぁ、若い者同士《もん》で好きにしてくれて構わねぇんですがね」

口ぶりとは裏腹に、留蔵は何とも寂しそうだった。

取りなすかのように、伊織は話題を変えた。

「して、あの陸尺はおやっさんの存じ寄りの者なのか」

「腐れ縁ってやつでさ」

伊織の問いかけに、留蔵はしみじみと答えた。

少し、機嫌が良くなってきたらしい。

「もともとは辻で客待ちをする、駕籠かきだったんですよ。俺が始終やり合っている連中の兄貴分でしてね」

懐かしそうに、留蔵は言葉を続ける。

「口は悪いが、気持ちのいい野郎でしてね。さっきは虫の居所が悪かったもんで、つい邪険にしちまったが……腹を割って話せる奴なんでさ」

「左様か」

伊織は、ふと気付いたように言った。

「あの男だがな、去り際に、おやっさんに何か告げたそうにしておったぞ」

「真実《ほんとう》ですかい？」

「……もしや、その手の頼みであろうか」

伊織は、声を低めた。

恨み晴らしの仕事の依頼なのではないか。そう言いたいのだ。

「まさか」

たちまち、留蔵は一笑に付す。

「あいつは人様の恨みを買うことも買われることもしねえ奴でさ。この俺に用事があったとすれば、博奕《ばくち》の連れにでもなってくれって言いたかったんでござんしょう」

七輪の目刺しは、早くも焦げ始めていた。

「一杯、呑《や》っていきなさるかい」

「遠慮しておこう」

自分の考えは、杞憂《きゆう》だったと割り切ったらしい。

「すまぬが、これを弥十郎に渡しておいてくれ。返却は、いつでも構わぬ」

式台に鞘ぐるみの刀を置くと、伊織は踵《きびす》を返す。

門前町の反対側に消えていく背中を、留蔵は黙って見送った。

「……ったく、どいつもこいつも」

焦げた鰯《いわし》を囓《かじ》りながら、茶碗酒をぐっと呷《あお》りつける。

「年寄りに冷たくしていると、ろくなことになりやしねえぞ……」

六

武家屋敷の中間部屋は、夜には鉄火場《てっかば》へと早変わりする。

留蔵と別れた足で勝平が訪れたのは、水戸藩邸の陸尺仲間から教えられた賭場《とば》だ。

屋敷の主の名は、沢田帯刀《さわだたてわき》。

御側衆《おそばしゅう》の一人として江戸城中に出仕する、五千石《ごく》取りの旗本《はたもと》であった。


「いらっしゃい、勝平兄《あに》い」

裏門の潜《くぐ》り戸《ど》を開けながら、張り番が愛想よく声をかけてきた。

水戸藩邸お抱えの駕籠かきともなれば、武家奉公人の世界では「いい顔」なのだ。

部屋に通された勝平は帳場格子《ちょうばごうし》の中へ数枚の板銀《いたぎん》を差し出し、駒札《こまふだ》に替える。

塵《ちり》ひとつなく掃き清められた畳の間に、盆茣蓙《ぼんござ》が置かれているのが見えた。五つ（午後八時）に壺《つぼ》が開いてから、半刻（約一時間）ばかり過ぎた頃である。

すでに、十名ほどの客が集まっている。

顔見知りの遊び人がいれば、初めて見る顔の堅気《かたぎ》らしい町人もいた。

ふと、勝平の視線が止まる。

夕方に別れてきたばかりの、花火師の文六が居るではないか。

そっと近寄った勝平は、若者に声をかけた。

「妙なところで会うじゃねえか、兄《にい》さん」

「……あんたか」

一瞬だけ気まずそうな表情を浮かべたものの、文六は相変わらず狷介《けんかい》だった。

壺振りの中間たちとも、勝平は旧知の仲である。

彼らに目で断りを入れた上で、文六に盆茣蓙の前から離れるように促す。

丁半《ちょうはん》の駒を張る声を背に、二人は座敷の隅で向き合う。

「お前《めえ》、あれからすぐにここへ来たのかい」

「それがどうしたい」

「呆れた奴だな」

対する勝平の声が険しくなったのも、無理はあるまい。

「難しい仕事を抱えているってえから、さっきはきついことも言わずに引き上げてやったんじゃねぇか。お花坊をほったらかしにしておいて、こうして手なぐさみに来る閑はあるのかえ？」

「誰だって、気晴らしぐらいはするだろう」

「そんな閑があるんだったら、お花坊に構ってやりねえ」

「あんたの知ったことか」

「何い……」

勝平が言い返そうとしたとき、肩をそっと叩かれた。

顔見知りの中間頭《ちゅうげんがしら》が、厳《いか》めしい顔で立っている。

促されるままに、勝平は帳場格子の前へ連れられていった。

解放された文六は盆茣蓙に戻り、何食わぬ顔で再び駒を張り始めた。

「なぁ、勝さんよ」

その様子を眺めやりながら、中間頭は困ったような口調で言った。

「何やら子細があるらしいが、あの若いのにはちょっかいを出さねぇでもらいてえな」

「どういうこった」

「あの若いのは、殿様のご所望《しょもう》で花火をこさえているところでな」

「それじゃ、玉屋から文六を引き抜いたってのは沢田様なのかい」

「内緒にしてくれよ。お前さんに得心《とくしん》してもらうために、明かしたんだからな」

そう告げる中間頭の顔は、かすかに強張《こわば》っていた。

武家奉公人の末端に位置する中間は、勝平のような陸尺と同様に士分《しぶん》ではなく、帯刀《たいとう》も許されてはいない。しかし、大名・旗本家の別を問わず、こうして屋敷内で賭場を開いて稼ぐことが黙認されており、その隠然たる勢力は市井《しせい》の博徒《ばくと》たちにとっても無視できないものであった。

だが、中間の力は主家の後ろ盾があればこそのものである。殿様の権威は、どこまでも絶対なのだ。

屋敷の当主たる沢田帯刀を持ち出されては、さすがの勝平も引き下がるを得ない。

それでも、中間頭にこう問い詰めずにはいられなかった。

「ついでにもうひとつ、得心しておきてぇんだがな。仮にも御側衆を務めていなさる五千石の殿様が若え花火師を雇うとは、希有《けぶ》な話じゃねえか」

「……仕方ねぇな。教えてやろう」

溜め息をひとつつくと、中間頭は言った。

「実のところは、奥方様からのご所望なのさ」

「奥方？」

「輿入《こしい》れして十五年にもなるってのに、殿様は相変わらずべた惚《ぼ》れしていなさってな……言うことは何でもお聞き届けなさるのよ。実はな勝さん、文六を賭場に出入りさせているのも、花火作りの気晴らしになるんなら好きに遊ばせてやるようにって、奥方様からのお声がかりの所為《せい》なんだ。おまけに、駒札は天井知らずで廻してやれだとさ。世間知らずの奥方らしい言い種《ぐさ》だが、殿様が許していなさるんだから仕様がねえ」

「ってことは、どんなに負けがこんでも借金にはならねぇってことかい？」

呆れ返った勝平に、中間頭は苦笑まじりに答える。

「殿様のご機嫌を損ねちまったら、賭場が開けなくなっちまうからな。もともと、俺らが差し出す寺銭《てらせん》なんぞ当てにしなくても、十分にやり繰りのできなさるご内証《ないしょ》だ。こっちも強くは出られねえんだよ」

「ふぅん」

勝平は、ちらりと盆茣蓙のほうを振り返る。

文六の駒の張り方は、見るからに投げやりだった。

「……気が入《へえ》るはずもあるめぇ」

博奕は、限られた元手《もとで》で勝負することに醍醐味《だいごみ》がある。しかし、幾らでも賭けることなどできてしまえば、単なる遊戯にすぎない。

あの若い花火師を好きに遊ばせているという旗本夫婦は、そのあたりの呼吸がまったく分かっていないらしい。

ともあれ、ここまで文六を甘やかすのはよほど花火師としての腕を買っており、頼んだ仕事を成功させたいが故の一念ということらしい。

根は、相当に深そうだ。

ここで揉《も》めては元も子もないと悟った勝平は、中間頭に向き直る。

「殿様がそこまで入れ込んでいなさるってんなら、仕様があるめえ。俺も、ちょっかいを出すのは控えよう」

「そうしてくれるかい？」

ほっとした様子の中間頭に頷き、勝平は盆茣蓙の前に戻っていく。

醒《さ》めれば、妙に落ち着いて賽《さい》の目が読めるものだ。

熱くなっているのか、それとも実は空しいのか定かでないが、文六はもう勝平の存在に気付きもしなかった。

淡々と駒を張り続けた勝平は、四つ（午後十時）を前に切り上げることにした。

「少ねぇが、皆で一杯呑ってくんな」

一分銀《いちぶ》を残して帰途に就く勝平の懐《ふところ》には、五両の金が納められていた。

文六はまだ、帰る様子はない。着流し姿の痩《や》せた背中には、最初に出会ったとき以上に疲れの色が滲《にじ》んでいるように見えた。

（放《ほ》ってはおけねえな）

水戸藩邸へ戻る道を急ぎながら、懐の小判をそっと握り締める勝平だった。

七

翌朝。

文六が起き出したのは、疾うに陽が昇ってからのことだった。

幾ら損をしても安心な駒を張っているうちに空しくなり、中間頭から勧められて、安酒をしたたかに呑んだはずである。

どうやって日暮里まで帰ってきたのか、まるで覚えていない。

「くそ……」

這うようにして土間《どま》へ降り、瓶《かめ》に汲み置きの水を柄杓《ひしゃく》から直《じか》に飲む。水瓶の脇には幾つもの太い竹筒が転がっていた。

二日酔いというほどではないが、頭の中が冴えない。

日に日に憔悴《しょうすい》しているのは、誰の目にも明らかなことだろう。

だが、文六に大口の注文を出してきた客は、花火師の身のことなどは斟酌《しんしゃく》せず、望みの品が出来上がってくることだけを待っている、そんな人物なのである。

いつまでも、ぐずぐずしてはいられない。

手桶《ておけ》に水を汲んだ文六は、念入りに顔を洗う。

きれいにするためではなく、目を覚ますためだった。

この時代、花火を作るのに規制は無かった。

とはいえ、素人が簡単に手がけられるものではない。

然《しか》るべき修業を積んできていればこそ、一歩間違えれば危険きわまりない火薬を自在に調合し、夜空に大輪《たいりん》の花を咲かせることもできるのだ。

板の間に座した文六の表情は、寝起きとは一変している。

板張りの仕事場は、整然と片付いていた。荒れた生活を送ってはいても、職人としての聖域を保つことはきちんとできているのだ。

火薬に配合する材料を磨《す》り潰《つぶ》す薬研《やげん》、花を咲かせる大小の火薬の玉（丸星《まるぼし》）を造粒《ぞうりゅう》（星《ほし》掛《が》け）するための盥《たらい》などは、すでに役目を終えている。

天日で乾燥させる作業を要する星掛けは、沢田帯刀の注文を受けてすぐ、梅雨を迎える前に完了させていたのだった。

残る課題は、玉込《たまこ》めである。

普通、丈夫な紙を幾重にも貼り合わせた玉皮《たまかわ》の中に丸星を装塡《そうてん》していくのだが、どうやら文六はこの段階で行き詰まっているらしい。

若者が前にしていたのは玉皮ではなく、太い銅製の筒だった。

真剣な面持ちで銅筒と向き合いながらも、大小の丸星を吟味する手が、ふと止まる。

しばし黙考した後、薄い雁皮《がんぴ》紙に丸星をくるみ込んで装塡してはまた取り出す。

窓板まで閉め切った小屋の中では、若い職人の溜め息ばかりが続いていた。

と、足音が近付いてくるのが聞こえた。

二人ぶんの足音は、小屋の前で同時に止まる。

「………」

ちょうど放心していた文六の表情が、はっとする。

お花と勝平が訪ねてきてくれたのではないだろうか、そう思ったのだ。

虚勢を張ってはいても、その実は人恋しい気持ちで一杯の文六である。

邪険にされても懲《こ》りずにやってきてくれたのであれば、今度は素直に出よう。

しかし、そんな若者の期待に反して現れたのは、招かれざる客だった。

「奥様のお召しであるぞ。文六」

板戸の向こうから聞こえてきたのは、武張《ぶば》った侍言葉である。

落胆する文六の耳朶《じだ》を、威圧に満ちた言葉が非情に打つのだった。

「早《はよ》う支度をせえ」

# 八

沢田帯刀の屋敷は芝《しば》・愛宕下《あたごした》の大名小路《こうじ》に在《あ》る。

五千石の旗本である当主の帯刀は、御上《おかみ》（将軍）の側近くに仕える平側衆《ひらそばしゅう》だ。御側御用取次《おそばごようとりつぎ》より格下とはいえ、将軍の側近の一人として幕閣内の重要機密を管掌《かんしょう》する立場となれば、その権威は老中《ろうじゅう》・若年寄《わかどしより》といえども無視できない。まして、幕政への参加を許されない外様《とざま》大名にとっては、雲の上の如き存在だった。

沢田邸の奥座敷で、一人の女が寛《くつろ》いでいた。

歳の頃は、三十を過ぎたか過ぎないかといったところであろう。

小作りな造作の中で、切れ長の双眸《そうぼう》が一際目立つ。勝山髷《かつやままげ》に結い上げた髪は黒々としており、細《こま》やかに描かれた眉《まゆ》が色白の肌によく映《は》えている。

すでに若いとはいえない歳ではあるが、まず美形と言っていい。

高貴な雰囲気の中にも凛々《りり》しさを感じさせる、きりっとした顔立ちの女であった。お歯黒《はぐろ》を付けていないところを見ると、まだ子を成《な》してはいないらしい。物憂《ものう》げな様子で、女は廊下に視線を向けた。

「誰《たれ》か」

「河西《かさい》にございます」

慇懃《いんぎん》な声に続いて、障子《しょうじ》がそっと開かれる。

敷居際《しきいぎわ》に座していたのは、文六を迎えに来た侍《さむらい》の一人だった。

「あの者を連れて参ったのか」

「庭先に控えさせておりますれば、お目通《めどお》りを」

「分かった」

一声答えると、女は立ち上がる。

豊世《とよ》、三十二歳。

沢田帯刀の正室《せいしつ》である。

縁側《えんがわ》に立つ豊世の両脇に、奥女中たちがさっと控える。

いずれの顔にも、かすかな緊張の色が漂っていた。

庭の玉砂利《たまじゃり》の上に平伏《へいふく》している、文六も同様であった。

「面《おもて》を上げよ」

おおずおずと顔をもたげた若者に、豊世は言った。

「進み具合はどうじゃな」

「へい……」

「疾《と》く答えよ」

ぴしりと告げる口調は、殊更に険しく作っているわけではなかった。

どこまでも、彼女にとっては自然な振舞いなのである。

それが分かっていればこそ、文六は言葉に詰まっていた。

とはいえ、出来ないことをいつまでも続けているわけにはいくまい。

「畏《おそ》れながら、申し上げやす」

意を決した様子で、文六は口を開いた。

「奥方様ご所望の花火、あっしの手にはどうにも負えやせん」

それは職人として、屈辱を帯びた一言だった。

己の腕を見込まれ、新たな工夫をと望まれたときに騒いだ血のそそのかすままに、文六はこの三月《みつき》もの間、新式の花火作りに打ち込んできたのだ。

江戸時代の打ち上げ花火といえば、菊《きく》花火が定番である。

花弁《はなびら》に見立てられた光が幾重も垂れ下がる様から、別称を『大柳《おおやなぎ》』または『かむろ菊《ぎく》』ともいう。禿《かむろ》とは吉原遊郭で花魁《おいらん》に付いて歩く見習いの少女のことで、夜空を彩る光の線は、きれいに切り揃えられた禿のおかっぱ頭によく似ていた。

しかし、この奥方はかむろ菊を作れと言っているのではない。

連発式の花火を望んでいるのだ。

江戸時代の花火は後世で言うところの和火《わび》、すなわち和紙などを貼り合わせた玉皮の中に調合した火薬を詰めたものだ。

玉の径《けい》に合わせた竹筒を立てて花火玉を装塡し、点火して打ち上げるのだが、その醍醐味は一玉ごとに似て非なる、地味ながらも味わいのある炎色をじっくりと手間暇をかけて生み出すことであり、派手派手しく続けざまに打つことではない。

それは江戸市中のみならず、諸藩領内のすべての花火師にとって自明《じめい》の理《り》であった。

しかし五千石の大身旗本であり、今や飛ぶ鳥を落とす勢いの御側衆・沢田帯刀の奥方からのたっての依頼となれば、文六を抱える玉屋も否《いな》やを唱えることは叶わなかった。

わが国初の連発仕掛花火は明治の世に至り、天皇の長野《ながの》行幸《ぎょうこう》を祝して打ち上げられた二百発の『菊畑《きくばたけ》』とされている。

三十人の花火師が二百本の筒と花火玉を用意しての大掛かりな歓待に明治天皇はいたく喜

び、無理とは知らずに今一度と所望されたという。

その後、洋式技術の普及により格段の進歩を遂げ、和製英語「スターマイン」の呼称で夏の夜空の主役となっていく仕掛花火だが、天保《てんぽう》二年現在では望むべくもない代物《しろもの》だった。

それでも従来の玉皮の代わりに円筒を火薬を詰める容器に用いるという、図らずも後世の外国花火と同じ構造を文六が思いついたのは、花火師としての並々ならぬ力量の為せる業と言えよう。

円筒は容積が広く取れるため、玉皮よりも豊富に火薬を詰めることができる。

連発の仕掛に加えて、凡百の『かむろ菊』が霞《かす》んで見えるような、かつてなく艶《つや》やかな大輪の花を自分の名義で川開きの夜空に咲かせてもらいたいという依頼主の望みに余さず応えるには、まさにうってつけの手法と文六は踏んでいた。

お店のためと言うよりも、己が工夫がどこまで通用するのかを試してみたい。そんな若さ故の情熱から、文六はむしろ進んで沢田家の依頼を請け負ったと言っていいだろう。

仕事場の土間に幾つも転がっていた竹筒は、彼なりの創意工夫の名残りだった。

地面に並べて筒を立て、間を置いて導火線に点火すれば連発になるはずである。しかし竹筒では破裂してしまい、空高く花火を打ち上げるには至らない。

そこで銅製の筒を用意したのだが、やはり自信が持てずにいた。

もはや日数《ひかず》にも余裕が無い以上、潔く屈服して許しを乞う他に選ぶ道はあるまい。

悲壮な覚悟を決めて平伏する文六だったが、返されたのは無慈悲な一言であった。

「今更、何を申しておるのか」

豊世は、すっと視線を向けてきた。

彼女は人としての文六の姿を見、言葉を聞いているわけではない。

自分の欲しいものを生み出してくれるか否か、その結果だけを求めているのだ。

「否やは許さぬぞよ。川開きまで十日を切ったと申すに、そなた以外の職人を雇う閑などあるはずもなかろう」

「奥方様……」

絶望の表情で見上げる文六の頭上から、冷たい追いうちの言葉が降ってきた。

「妾《わらわ》の所望を叶えぬ限り、そなたは玉屋には戻れぬぞ」

「そんな」

思わず腰を浮かせかけた文六を、両脇から二人の侍が押さえ込む。

「無礼者め」

「己が分《ぶん》を弁《わきま》えい！」

すでに、豊世の姿は縁側から消えていた。

# 九

名物の躑躅《つつじ》を見物に訪れた人々で、根津権現は賑わっている。

弥十郎は境内《けいだい》の人混みの整理に駆り出され、番所を留守にしていた。

並の背丈より頭ひとつ大きく、おまけに声のよく通る若者はこのところ、社《やしろ》の人々からも重宝《ちょうほう》がられるようになっていた。

弥十郎が境内で目を光らせていてくれれば、見物客を狙った掏摸《すり》やかっぱらいも鳴りを潜めざるを得ないため、結果として留蔵も楽をすることができるのだ。

「ふう……」

茶を啜《すす》り、留蔵はほっと一息つく。

そこに、声をかけてくる者がいた。

「爺さん、ちょいといいかい」

番所の前に、勝平が立っている。

威勢の良い装いは相変わらずだが、その声色は静かなものだった。

「のんびりしているところを、邪魔してすまねぇな」

留蔵は、戸惑ったように言った。

「今日はまた、ずいぶんとしおらしいじゃねぇか」

「頼み事があるときぐれぇ、誰だって真面目な顔になるだろう」

式台に腰を下ろした勝平は、おもむろに話を切り出す。

「頼みてぇのは、花火師の文六のことよ」

「あの、菜屋のお花坊と祝言を挙げるってえ果報もんかい?」

留蔵は、興味がなさそうに言った。

「聞いたところじゃ、どっかの旗本からの注文にかかりきりだそうじゃねえか」

「相変わらず耳が早《はえ》えな、爺さんは……」

感心したように、勝平は重ねて告げる。

「その注文ってのが、どうにもきな臭くていけねぇ」

「何しろ火薬を扱っているから、なんて言う積もりかえ?」

「真面目に聞いてくんな」

「……分かったよ」

勝平の顔が真剣そのものなのを見て取った留蔵は、そっと居住《いず》まいを正した。

「で、俺にどうしろってんだい」

「文六の身を守ってやってほしいのさ」

「え」

「昔の弟分たちに聞いたんだ。お前さんが世話をしている弥十郎って若いのは、なかなか腕が立つそうじゃねえか」

戸惑いながらも、留蔵は慎重な口調で問うた。

「……弥の字に用心棒をさせようってのかい？」

「辻番の兄ちゃんに頼めることじゃねえのは分かっているが、こいつぁ明るみにできねえ話でな。陸尺仲間や弟分たちを動かすわけにはいかねえんだ」

「………」

「この金で、何とか引き受けてもらいてぇ」

と、勝平は懐から紙包みを取り出した。

留蔵の掌《てのひら》に載せられた包みはずしりと重く、分厚い。

銅銭は一枚も混じってはいない。

少なく見積っても、四両か五両はありそうだった。

「どうせ鉄火場で儲《もう》けた、あぶく銭だ。可愛いお花坊のためになるってんなら、惜しくはねえさ」

驚いた顔で見返した留蔵に子細を告げると、勝平は去っていった。

十

根津権現から弥十郎が解放されたのと、伊織が辻謡曲の商いから戻ってきたのは、ほぼ同じ頃合いだった。

夕日の差す式台に、開いた紙包みが置かれている。

膝隠《ひざかく》しの台を立てて隠しているので、往来からは見て取れない。

輝く小判《こばん》と板金《いたきん》に視線を向けながら、伊織はふっと嘆息《たんそく》した。

「……五両か」

留蔵一党にとっては、少なからぬ額である。

話を請け負った留蔵がきまりの一両を納め、伊織と弥十郎の取り分が二両ずつとなれば申し分はない。

「この金で、我らは何を為《な》せば良いのか。おやっさん」

伊織の問いかけに、留蔵は揺るぎない口調で返答する。

「文六って若い花火師を、災いの元から引き離してやることでさ」

伊織は無言だった。

その横では、弥十郎も黙り込んでいる。

これまでに留蔵一党が果たしてきたのは、標的と名指しされた者が真に許されざる悪人なのか否かを確かめ、始末することだった。

しかし、こたびの頼みは違う。

死者の恨みを晴らすのではなく、幸せに生きようとする若者を救うことなのだ。

かつてない依頼だけに、伊織が逡巡《しゅんじゅん》したのも無理はあるまい。

ふと、留蔵が口を開いた。

「皆に得心してもらえるんなら、俺は引き受けようと思うんですがね」

「おやっさん」

弥十郎は、はっとした。

留蔵がそう言わなければ、自分から口火《くちび》を切ろうと考えていたからだ。

「死んだ者の無念を背負うよりも、生きてる奴を守ってやれたほうが、よっぽど気分もいいですからねえ」

老爺の言《げん》は、弥十郎が思っていたこととまったく同じであった。

「弥十郎、やってくれるかえ」

「うん」

即答する若者に、留蔵は微笑む。

このところの不機嫌も、いちどきに直ったようであった。

「で、伊織さんはどうしなさる？」

「そなたら二人が引き受けるとなれば、否やはあるまい。金も申し分ないしな」

「それじゃ、決まりですね」

と、老爺の目が動いた。

「……そうだ」

「いかが致した、おやっさん」

不審そうな顔で問う伊織に、留蔵は答えた。

「花火師ってんで思い出したんですがね……ちょいと、待っておくんなさいよ」

辻番所の畳の間の隅には、諸方から寄せられる銭を貯めた籠《かご》が置かれている。

留蔵の記憶力は、ちょっとしたものである。

油紙《あぶらがみ》で小分けにして籠の中に納められた銭が、どの依頼の筋なのかを的確に判じることができるのだ。

「……合わせて一両にもならねぇんで、手を着けるに着けられずにいたんですがね」

前置きをして、留蔵は小さな紙包みを取り出した。

中身は、板銀が三枚きりである。

「して、何処の花火師の身内か」

「どっちも玉屋やら鍵屋とは拘《かか》わりのねえ、一本どっこの職人でさ。それが奇妙なことに川開きの前に姿を消したまんま、行方《ゆきかた》知れずになっちまったそうで」

「身内の者たちが、斯様に申したのか」

「根津権現にお頼みした帰りと言って、寂しそうに愚痴《ぐち》っておりやした」

「ふむ」

伊織は考え込む顔になった。

「どうしなすった？」

「……江戸仕込みの花火師となれば、引く手あまただ。何処かの藩領に引き抜かれたのだとしても、一向に不思議ではあるまい」

いつの世にも、行方知れずになる者は、誰もが強引に連れ去られたり怪異現象に巻き込まれたとは限らない。

己が意志で姿を消し、見知らぬ地で新たな人生を始めようという者も多いのだ。居なくなった二人の花火師も、その類いなのではあるまいか。

伊織は、そう言いたいのだ。

「どういうことなんでしょうね」

留蔵も、不思議そうに首を傾《かし》げる。

一昨年、そして昨年と川開きの頃に寄せられた声なき声は、果たして何を意味しているのだろうか——

## 十一

その頃。

芝・愛宕下の沢田邸の前で、一挺《いっちょう》の乗物が止まった。

「殿のお帰りである！」

供侍《ともざむらい》が一言呼ばわると、長屋門《ながやもん》はたちどころに開かれた。

式台に横付けにされた乗物から、三十代半ばと思《おぼ》しき男が降り立った。

浅黒く日に焼けた顔は凜々しく、美丈夫《びじょうふ》と言っていいだろう。

沢田帯刀、三十四歳。

定員四名の平側衆の一人として、最年少ながら知勇兼備《ちゆうけんび》、先が楽しみな逸材と評される帯刀だが、その度外れた愛妻家ぶりは、幕閣内でも憂慮されるところであった。

「ねぇ、殿様」

袱紗《ふくさ》でくるんだ大刀《だいとう》を、豊世はそっと刀架《とうか》の上段に置いた。

「女子《おなご》の苦しいとき、寂しいときに無聊《ぶりよう》を慰めて下さる御器量こそ、殿方《とのがた》の真の値打ちというものでございましょう?」

「分かっておる」

鷹揚に答える帯刀の目は、豊世の美しい貌《かお》に吸い寄せられていた。

「妾は心の底から晴れ晴れとする、そんな花火を見とうございます。暗いばかりのかむろ菊などではなく、誰も見たことの無いような夜空の華を、妾のために打ち上げていただきとう存じまする」

「そなたが望む通りにせえ。玉屋には釘を刺してある故、案じるには及ばぬ」

「妾は、何ひとつ案じてはおりませぬ。殿様さえお出《い》でであられれば、この世に恐れるものなどはございませぬ故……」

豊世が婉然《えんぜん》と微笑む様に、抗する術《すべ》も無い。

着替えを終えたばかりの長着を足下に落とし、たちまち帯刀は襦袢《じゅばん》一枚になった。

「まだ、陽も高うございますのに……」

形ばかり逆らった後、豊世はするすると帯を解いた。

脱いだ裲襠《うちかけ》を褥《しとね》代わりに横たわりながら、男の耳元でそっと囁く。

「わずらわしいのは、止めてくだされ」

「分かっておる……」

十二

根津権現前の辻番所では、留蔵が語りを続けていた。

「その旗本の奥方ってえのが、大した花火好きなんだそうだ」

どことなく、白けた口調になっている。

「派手に大川へ屋根船《やねぶね》を繰り出して、無邪気に楽しむってんならどうってことはねぇんだがなぁ。手前《てめえ》で職人を雇って、好きな花火を作らせようってのが、何ともお高く止まっていやがる」

「旦那の旗本ってのは、どんな奴なんだい」

と、弥十郎が問いかける。

「これがまた、女房に大甘《おおあま》な野郎でな」

吐き捨てるように、留蔵は言った。

「沢田帯刀ってえ、愛宕下にでっけえ屋敷を構えていやがる五千石の大身《たいしん》だ」

「何と」

伊織が、思わず声を上げた。

「愛宕下の沢田といえば、御側衆ではないか」

「ご存じなんですかい、伊織さん」

「大物だよ」

淡々としているだけに、かえって本音を感じさせる口調だった。

「老中であれ若年寄であれ、迂闊には手が出せぬ相手だ。我らが仕損《しそん》じれば、幕閣は間違いなく奉行所を動かし、総出で探索を始めるであろうな」

「でもねぇ、伊織さん」

留蔵の決意は固かった。

「ああいう驕《おご》り女をこのまんま野放《のばな》しにしておいたんじゃ、また誰かが泣きを見ることになるでしょうよ」

「驕り女か……」

その一言を耳にしたとたん、伊織の目が細くなった。

「どうしたんでぇ、伊織さん」

かつて伊織が東北《みちのく》の某藩士だったことは、留蔵たちも知っている。剣術師範《しはん》まで務めた主《しゅ》家《か》を捨てて脱藩し、江戸に居《きょ》を定めて五年になる伊織だった。

宮仕《みやづか》えだった頃に、果たして何があったというのか。

十三

「あれは、私が十九の時だった」

伊織は、淡々と語り始めた。

「武芸上覧《ぶげいじょうらん》を、そなたらは存じておるか」

「将軍様があちこちの流派の剣術遣いをお召しになって、御城で試合《しあ》わせることでござんしよう。どこの大名家にも、似たような習《なら》わしがあるそうですが」

「私が仕えた藩でも、正月には必ず催されたものだ」

「そいつに、伊織さんが出なすったってわけですかい」

「左様。その折にな、主君の奥方の気まぐれで失われずとも良い命が消えた。手にかけたのは、この私だ」

それは伊織にとって、悪夢にも等しい記憶だった。

「事実、幾度となく夢に見たものだよ」

前置きをする伊織の端正な横顔は、痛ましいまでに歪んでいた。


小姓組《こしょうぐみ》への出仕《しゅっし》を許されて三年目を迎え、折しも前の年に城下の町道場で目録を授かったばかりの田部伊織に白羽《しらは》の矢が立ったのは、自然な流れだったと言えよう。

知勇兼備と誉れの高い若武者の前評判を腰元《こしもと》たちから聞かされていたらしく、藩主の奥方は興味津々で伊織の出番を待っていたという。

ところが、返ってきたのは無慈悲な一言であった。

『田部とやら、それで一本取ったと申すのかえ？』

もとより武芸の心得など形ばかりしか持ち合わせてはおらず、江戸表での永住を余儀なくされている正室《せいしつ》に次ぐ立場の、側室《そくしつ》である。

とはいえ、国許に在ってはたとえ子が無くとも揺るぎない立場であり、参勤交代を終えた藩主の傍近くに侍る、不動の権力者に他ならない。

後から輿入れしてきた側室のいずれにも世継ぎが誕生せず、彼女以上に寵愛《ちょうあい》を受ける者が現れなかったことが、奥向きの首魁《しゅかい》として著しく増長させる一因ともなっていた。伊織の幼馴染みで、後に拝領妻として迎えた島代はまだ、この頃は城中に召し出されていなかった。

ともあれ判定は脆《もろ》くも覆《くつがえ》され、伊織は再び立ち合うことを余儀なくされた。

最初から、真剣勝負の様相を呈していたわけではなかった。

木刀《ぼくとう》を用いての立ち合いは、寸止《すんど》めが大前提である。面《めん》、小手《こて》、胴《どう》のいずれの部位であれ先に刀身が肌身近くまで達すれば、それで勝敗は決せられる。

むろん、わずかでも手元が狂えば致命傷になりかねない。同じ流派の剣を学び、手の内《てのうち》が分かっている相手であっても、細心の注意を要する試合方法だった。

すでに剣術界の趨勢は防具《ぼうぐ》を着けて竹刀《しない》で打ち合う撃剣《げっけん》が主流になっており、木刀ないしは刃引刀《はびきとう》を用いるのは試合であれ稽古であれ、危険きわまりない行為として敬遠されていたのが実情だった。

別段、藩主の奥方はかかる剣術界の現状を憂えていたわけではない。

所定の技の流れに添った組太刀《くみだち》でさえ、真剣にも等しい威力を秘めた木刀を使用するのは危険ということをまったく認識できてはおらず、伊織があっさりと一本勝負を決めたのが物足りなかったに過ぎない。

かかる女の気まぐれ故に地獄を見させられたのが伊織、そして立ち合いの相手である。

同門の先輩ともなれば、技量の錬磨においては格段に上だったに違いない。実際、防具を着けての平素の稽古では、伊織は三本に一本取るのがやっとというほどの強者《つわもの》だった。

その兄弟子が壊れ、狂ったように打ちかかってきたのは、無慈悲な奥方から執拗なまでに煽《あお》られた結果に他ならなかった。

『それでも免許を許されておるのか？

『よもや昨今は珍しくないという、金許《きんきょ》で得たのではあるまいな？』

道場への誹謗《ひぼう》とも受け取れる発言だったが、横に座した藩主が鷹揚に頷いているとなれば誰一人、逆らうことは叶わない。

伊織たちの師は黙したまま、息詰まる試合の成り行きを見守るばかりで、ついに助け船を出してはくれなかったのである。

罵倒に我を忘れた兄弟子の刀勢《とうせい》は凄まじく、伊織は追い込まれた。

『ゆけ!!』

興奮し切った奥方が一声叫んだ刹那、兄弟子の木刀はかつてない伸びを伴って伊織の脳天に殺到した。

「受け止められねば死。そう悟ったとき、私の体は勝手に動いていたよ……」

面打ちを無我夢中で受け流した勢いもそのままに切り返したとき、伊織は兄弟子に左斜面《しゃめん》を決めていたという。

防具を着けての撃剣であれば、勝者の業前《わざまえ》の冴えを褒め称えられて終わる局面だった。しかし、対戦の場に残されたのは血脂《ちあぶら》にまみれた兄弟子の亡骸《なきがら》と、呆然と立ち尽くす若き日の田部伊織だけであった。

「で、その奥方はどうしたんで」

仏頂面で問うた留蔵に、伊織は答えた。

「泡を吹いて、卒倒したらしい。私は見覚えてはおらぬがな」

「散々けしかけやがった当人が、ですかい？」

「翌年の武芸上覧の場には、けろりとして臨席したそうだよ。爾来《じらい》、私は城中でも道場でも腫れ物に触るように扱われておった故、二度と選ばれることは無かったがの」

そう告げる伊織の表情は、不思議なほどに澄み切っている。

忌まわしすぎる記憶を辿《たど》るとき、人は妙に冷静になるものらしい。

二人のやり取りを耳にしながら、弥十郎はふと、そんなことを思うのだった。

その耳朶を、伊織の苛烈な一言が打つ。

「あの奥方は、人外《じんがい》の化生《けしょう》だったのやもしれぬ。少なくとも、あの時はな……」

冷静な面持《おもも》ちのままでのつぶやきは、尽きぬ怨讐《おんしゅう》が込められているようにも聞こえた。

留蔵と弥十郎は、しばし言葉を失っていた。

「天下太平の世に在《あ》りながら、木刀を振るっての試合をさせるなどとは正気の沙汰ではない」

静かな口調で、伊織は続けて言った。

「されど、命じられれば否やもない。私は一片の恨みも持たない兄弟子と立ち合い、我が身を守るために打ち斃《たお》したのだ」

「……それで、剣術師範に取り立てられなすったんですかい」

留蔵がそう問うたのは不躾《ぶしつけ》なのではなく、考えあってのことだった。

伊織は今、過去の傷を仲間たちの目の前にさらけ出している。

ならば膿《うみ》を絞りきってしまえるように、手伝おうと思い立ったのだ。

「ひとつの判ずる材料にはなったであろうな。朋輩《ほうばい》に手をかけていながら咎められもせず、家中随一の遣い手と持ち上げられもした」

果たして伊織は激することなく、老爺の問いかけに答えた。

「十年前に私が主家を捨てたとき、我ながら不思議なほど、己の役職に未練を抱かなんだのは、心の内にどこか引け目と、奥方への怨讐の念があったからこそかもしれぬ」

「その怒りが、戻ってきなすったんですかい」

「たとえ妄執《もうしゅう》と言われようとも、あの女の言動はゆめゆめ忘れぬ」

伊織の口調は、どこまでも淡々としていた。

「むろん、こたびの旗本の奥方が、私を貶《おとし》めた女と同じとは思わぬ。されど、己が好みを押し通さんがために無辜《むこ》の者を犠牲にして省《かえり》みないのであれば、躊躇《とまど》うことなく仕留めてしまいたい」

「それじゃ、伊織さん」

「引き受けようぞ」

答える伊織の表情に、もはや逡巡の色は無い。

「……お前さんにも、そういうところがありなさるんだね」

留蔵が、ぽつりとつぶやく。

「おかしな言い方かもしれないが、安心したよ」

「どういうことだ、おやっさん」

「田部伊織ってお方は、出来すぎるほど出来た御仁《ごじん》だって思っていたもんでね。すべてを胸の内に仕舞い込んだまま、明かすことはねぇと」

「五年来の交《まじ》わりを結んでいながら、それはなかろう」

思わず苦笑する伊織の横顔を、弥十郎は暖かく見守っていた。

# 十四

畳の間の天井に、太い縄が張り渡されている。

吊された大きな包みの中身は、留蔵と弥十郎が日々用いる布団と夜着だ。

布団と夜着は、借り物である。

梅雨が明ければ損料《そんりょう》を払って業者に返却し、夏用の薄い布団を新たに借り出す。

縄が緩んで頭の上に落ちてきては堪らないが、収納というものが皆無の住空間で暮らしている以上、こういう智恵を使わなくてはやっていけないのだ。

「いつもすまねぇな、弥の字」

降ろしてもらった布団を敷き延べながら、留蔵はしみじみとつぶやく。

弥十郎を引き取るまでは適当に畳み、部屋の隅に積んでいただけの布団をきちんと整理する習慣が身に付いたのみならず、上げ下ろしまでやってくれる若者の存在を、有難いと今更ながら思っていた。

ところが、弥十郎の反応は意外だった。

「こっちこそ、悪いと思っているよ……」

「何がだ」

申し訳なさそうな表情で、弥十郎は視線を向けてくる。

「ここんとこ、おやっさんの飯を無駄にしちまっていただろう？」

「気にするねぇ」

留蔵は、何ということもない様子で答える。

「親ってのはな、子供を飼っているわけじゃねえ。手前の考えや好みで楽しみてえときには邪魔をせず、気の向くままにさせてやるのも大事だろうよ」

応じて、弥十郎がぽつりと言った。

「武士の家じゃ、そうは行かないだろうな」

「思い出してきたのかえ？」

「いや」

慌てて問うた留蔵に、弥十郎は手を打ち振ってみせる。

「ただな、こう思ったんだ」

「何だえ」

「そうやって自分の考えや好みを押さえ込まれたまんま育っちまうと、いざ手前勝手なことができるようになったとき、おやっさんや伊織さんの言ってた驕り女ってのに変わっちまうんじゃないか……ってな」

「成る程な。やっぱり、お前《めえ》は優しいや」

若者の言わんとすることを受け止めながらも、留蔵はこう言わずにいられなかった。

「武士《さむれえ》の世界のことは、俺には分からねえ。でもなぁ、弥の字よ。手前の好き勝手に振る舞うってことはな、後の始末をきちんと付けられるから出来るんだ。それだけは、忘れちゃいけねえよ」

「うん」

答える弥十郎は、どこまでも素直であった。

十五

江戸の町は、夜の闇に包まれていた。

人里離れた野原の一軒家となれば、闇は尚《なお》のこと深い。

文六が独り、じっと作業場に座っている。

屋敷から戻されて後、ずっとこうしたままでいたのだ。

「できねぇ……！」

その一言だけを、繰り返すばかりであった。

小屋の前に、二人の侍が立っている。

豊世の命を受けて動く、河西という家士《かし》とその朋輩だった。

「あ奴、いかんな」

河西は、溜め息まじりにつぶやく。

「この様子では、川開きには間に合うまい」

「されば、今年もお屋敷に拘引するしかあるまいな」

答える朋輩の顔には、面倒臭そうな表情が浮かんでいる。

「お役目とはいえ、三度目ともなると参るのう」

「何を申すか、谷《たに》」

殊勝な言葉を返すのかと思えば、河西はにたにたと笑っていた。

「試し切りの腕を試す好機《ぎ》を与えていただいていると思えば、有難いではないか。それも御《お》様御用《ためしごよう》の山田《やまだ》様にさえ許されぬ、生き胴なのだからな……」

河西が口にした山田様とは、御様御用首斬り役の山田浅右衛門《あさえもん》のことである。重罪人の斬《ざん》首《しゅ》を町奉行所の同心に代わって請け負い、その亡骸《なきがら》を試し切りに用いる特権を許された様《ためし》剣術《けんじゅつ》の大家だ。

河西が言う「生き胴」とは人を文字通り生きたまま、試し切りの対象にすることだ。公儀《こうぎ》の処刑法では、たとえ山田一族といえども平安・鎌倉の昔のように罪人を引き据えて、まだ息のあるうちに首以外の部位へ思うさま刃を打ち込むなどという、非情な処刑を為すことは許されてはいない。わずかに加賀藩など一部の藩内において、密かに行われているのみであった。

なぜ、旗本に仕える一家士にすぎない河西と谷に、かかる試し切りの機会があるというのだろうか。

十六

弥十郎が、裏門坂を下っていく。

調べたところ、花火職人の身内はいずれも江戸を離れた後だった。

辻番所に立ち寄ったのも、住み慣れた江戸の地をいよいよ離れるという段になり、根津権現に参拝した折のことと考えられた。

途中で行き交った伊織も、芳しい情報は得ていなかった。

不首尾に終わった探索は、徒労感しか伴わない。

疲れた貌で坂を下り終えたところで、不意に背中を叩かれる。

弥十郎の帰りを待っていたのは、滝夜叉の佐吉だった。

「親分」

「このところお見限《みかぎ》りじゃねえか。あのごつい兄さんはどうしたのって、峰の奴がしきりに寂しがっていたぜ」

軽口《かるくち》を叩きながらも、佐吉の精悍な双眸は笑っていない。

「………」

「ちょいと顔《つら》を貸しねぇ」

踵を返す佐吉に、弥十郎は黙って従った。

十七

まだ『あがりや』の客の入りは疎《まば》らであった。こういうときならば、小上《こあ》がりの座敷を使わせてもらうのにも遠慮が要らない。

お峰に冷酒《ひや》と枝豆だけを運んでもらい、佐吉は障子を閉め切った。

「お前ら、御側衆の沢田様を相手にしようってのかい」

「どうして、そんなことを」

弥十郎は瞠目《どうもく》した。

こたびの一件について、佐吉には何も話してはいない。

どうして、弥十郎が探索している内容に気付いたのだろうか。

「留蔵爺さんとこに、水戸藩の陸尺が出入りしているだろう。あの兄さんが、ここんとこ愛宕下の屋敷をちょくちょく見張っていやがるのをたまたま見かけたのさ。となりゃ、あの屋敷に何かあるって思うのが当たり前さね」

「………」

弥十郎は何も答えなかった。

自分から事を明かすようでは、斯様《かよう》な裏の仕事など務まるものではない。

佐吉は敢えて追究せず、自分から新たな話を向けてきた。

「あの豊世様って奥方だがな……もう二人、若ぇ花火師をだめにしちまってるそうだ」

「え」

「調べ回っていたお前《めえ》には気の毒だがな、一昨年《おととし》に去年と、川開きの前に殺されちまっているらしい。なます斬りにされて庭のどこかに埋められているってのを、屋敷の奉公人で知らねぇ者はいねぇとさ」

中間か女中かは判然としないが、佐吉は奉公人から聞き出したのだろう。

弥十郎のために、わざわざ動いてくれたのだ。

「……そんな非道を働いて、どうして評定所《ひょうじょうしょ》は動かないんだい」

礼を言う代わりに、弥十郎は低い声で問うていた。

徳川将軍家に直属の家臣である旗本・御家人の犯罪を裁くのが奉行所ではなく、評定所であることは弥十郎も知っている。

罪もない花火師を二人まで死に追いやっておきながら、何の責も背負わされることなく大きな顔をしているとは、どういうことなのか。

答えは、佐吉の口から明かされた。

「明るみにならねぇのは、御上の後ろ盾があるからさ」

「御上？」

「御側衆に遠慮が多いのは、ご老中や若年寄様だけじゃねえ。将軍様も同じさね」

「どうして」

「細《こま》けぇ政《まつりごと》の決めごとを御自《おんみずか》ら、いちいち覚えていなさるわけじゃないからな。御側衆が欠かせねぇとなりゃ、多少の好き勝手をしても許されちまうんだ」

「……それでいいのかよ」

しばしの間を置いて、弥十郎は口を開いた。

「恥ずかしくないのか、親分」

「何がだ」

「好き勝手にさせておいて、それでもいいのかよ！」

「熱くなるなよ、若いの」

佐吉の顔に、自嘲の笑みが浮かぶ。

「長いものには巻かれるしかねぇのさ」

「………」

弥十郎は押し黙った。

その横顔にはかつてなく、激しい怒りの色が宿っていた。

十八

「どうしたのよ、勝平さんっ？」

「声がでけぇぜ……」

水戸藩上屋敷へ配達にやって来たお花の手を引き、勝平は門外へ向かった。

「すみませんねぇ。ちょいと、野暮用がございますんで」

急いているようではいても、菜屋の看板娘との世間話を楽しみにしていた勤番侍の面々を立腹させぬように、お愛想を言っていくことは忘れない。

「ちょいと送っていきてぇんでね、お目こぼしを頼むぜ」

「いけないよ勝さん、嫁入り前の娘っこにちょっかいを出そうなんざ……」

冗談で咎める門番に小銭を握らせ、勝平は足早に裏門脇の潜り戸を抜けた。

後に続くお花も、今は落ち着いている。

勝平は、いかなる話を自分に伝えようとしているのだろうか。人の目を避ける必要があるのは分かるが、それればかりが気がかりだった。

本郷へと至る壱岐殿坂《いきどのざか》を、二人は黙々と昇っていく。

坂の名前の由来となった唐津《からつ》六万石の小大名・小笠原壱岐守《おがさわらいきのかみ》の下《しも》屋敷を始めとする武家屋敷が、坂の両側に並んでいる。勝平の広い背中を追っていくお花の可憐な双眸には、密集する中小の武家屋敷の素っ気ない築地塀《ついじべい》、そして、夕陽の下を行き交う人々の疲れた顔が映じるばかりであった。

「いいか、お花坊」

と、勝平がおもむろに向き直った。

いつしか、周囲に人の気配は絶えている。

ずんずんと先を歩きながら、勝平は人通りが絶えるのを待っていたのだ。

「これ以上、江戸に居ちゃいけねぇ」

「え」

「沢田の屋敷は、化生の住処《すみか》よ……このままじゃ、文六が危ねぇ」

「どういうこと!?」

「……驚かねぇで、聞いてくんな」

念を押す勝平の顔は、いつになく強張っていた。

いつもの威勢の良さが鳴りを潜めているのは、よほどの大事を抱えているためらしい。

「わかったわ。六ちゃんに拘わりがあることなら、何でもいいから教えて頂戴」

表情を硬くしながらも、お花は健気に頷いて見せる。

「それじゃ言うがな……」

勝平が口を開きかけた刹那、後ろから一群の男たちが声をかけてきた。

「お安くねぇなあ、勝」

「お花坊にちょっかい出しやがると承知しねぇぞ、おい」

見れば、水戸藩上屋敷の陸尺たちである。

からかう口調には、仲間故の親しみが込められていた。

「ちょうどいいや」

話の腰を折られて怒るかと思いきや、勝平は大股で仲間たちのほうへ歩み寄っていく。

二言三言交わして戻ってきた勝平は、数枚の板銀を握っていた。

「多いに越したことはねぇからな」

懐から取り出した胴巻きの中身に板銀を足し込み、戸惑うお花の手に押し付ける。ざっと見ても六、七両はありそうだった。

「ぐずぐずしている閑はねぇ。沢田屋敷の侍どもが、文六を殺しにかかろうとしていやがるんでな」

「そんな……」

さらりと告げられ、気丈なお花もさすがに動揺の色を隠せない。

「花火作りを頼んでおいて、命を取ろうなんて無茶苦茶じゃないのさ！」

「そういう腐った性根の持ち主なんだよ、道理なんぞが通じる相手じゃねぇんだ。一昨年も昨年も、手前の望んだ連発花火が川開きまでに仕上げられなかったってだけのことで、若え花火師をなぶり殺しにしやがったってんだからな」

「……」

思わず、お花はきゅっと唇を嚙んだ。可憐な横顔が、蒼白くなっている。それは怒りの色だった。自分たち庶民にはゆめゆめ逆らえない大身旗本の所業と分かっていればこそ、募る怒りを禁じ得ないのだ。

「……化け物ね」

「そうさ」

勝平は、敢えて否定しなかった。素振りから察するに、もっと非道な話を聞き込んでいるのだろう。しかし、今は何を置いても二人を逃がすことだけを考えているようだった。

三番目の辻を過ぎれば、本郷の表通りに突き当たる。

お花の働く菜屋は、すぐそこだ。

「あれから、文六とは会ったのかい？」

勝平が、ふと口を開いた。

お花の気を落ち着かせようとしているのか、何か話をしていないと不安になってくるのかまでは分からないが、二人を心から気遣っていればこそのことだった。

誰にも言うまいと思っていたであろうことをお花が明かしたのも、そんな勝平の心持ちが伝わったからなのだろう。

「小屋の前までは、いっぺん行ってみたんだけどね……中には、入れなかったわ」

「どうして？」

「……泣いてたのよ、六ちゃん」

「馬鹿だな、お花坊」

代わりに持ってやっていた重箱を返しながら、勝平は言った。

いつの間にか、菜屋のすぐ前まで来ていたのだ。

店のあるじに明かせるところまで事情を明かし、さっき渡した金の一部で郷里《くに》へ送金しているであろう給金の前借《まえしゃく》分を精算してやるにしても、最後は奉公人らしく一人で店に帰してやらなくてはなるまい。いかに顔なじみとはいえ自分が金を出していると知れれば、可愛い看板娘を何処かへ売り飛ばそうとしているのではないかと、あるじに勘繰られかねない。

実際、我ながら奇妙な話であった。

はたいたのは博奕で儲けたあぶく銭ばかりとはいえ、身銭を切るばかりか、ここまで懸命になって文六とお花に肩入れする義理などは、どこにもない勝平である。

どうして、二人を助けてやりたいのだろう。確たる理由は、自分でも分からなかった。

ただ、これだけは言えるだろう。

江戸の人々の共有の楽しみである花火を弄ぶばかりか、自分たちの道楽の役に立たないと見なした者たちの命を、無惨にも奪ってしまう。

かかる所業が、断じて許されるべきではない。

一寸の虫にも五分の魂というやつを、どんと見せつけてやるのだ。

外道どもの始末は留蔵に任せるとしても、若い二人だけは何としてでも自分の手で無事に落ち延びさせてやりたかった。

立ち止まった勝平は、一言だけ付け加えた。

「どうして無理やりにでも戸を開けさせて、慰めてやらなかったんでぇ」

「だって……職人が悩んでいるときは一人にしておくもんだって、言ったじゃないの」

戸惑いながらも言い返すお花に、勝平は揺るぎない口調で告げるのだった。

「時と場合によりけりだぁな。あいつはもう、行き詰まっちまっているんだ。そういうときに何も言わず、抱きしめてやるのが職人の女房ってもんよ。覚えておきねぇ」

十九

その頃。

お花を連れて、日暮里の小屋に勝平が駈けつけたのは間一髪のところだった。

嫌がる文六を、二人の侍が引きずっていこうとしている。

「何だい、お前ら！」

勝平が一喝《いっかつ》するのに応じて、侍たちは前に出る。

突き放された文六は、くたくたと地面に崩れ落ちた。

「六ちゃん！」

駈け寄ったお花が、慌てて助け起こす。

その様を冷たく見やりながら、侍の一人が言った。

「お屋敷まで同道させるのだ。仕事場は、すでに用意してある」

「そんな……」

勝平は、思わず言い返していた。

「こいつはもう、疲れ切っちまっているじゃないですか。お連れしたところで、もう無理ってもんでござんしょう」

侍は、冷たい口調で答える。

「用を為さぬとなれば、責を取ってもらうまでだ」

「責だって？」

勝平の貌に、怒りの色が浮かぶ。

「そいつぁ、お前さんがたに試し切りされるっていうことですかい」

「何……」

侍の連れが動揺した表情になったのを尻目に、勝平は決然と言い放った。

「文六を、そんな目に遭わせるわけにはいかねぇ。いや、俺がさせねえ」

「言うではないか、下郎《げろう》」

最初に口火を切った侍——河西が、嗜虐《しぎゃく》の笑みを浮かべた。

「されば、そなたが先に逝《い》くがよかろう」

## 二十

「大人しく言うことを聞いておれば良いものを……」

気が進まぬ様子で、朋輩の谷も刀を抜いた。

若い二人をかばい、勝三は果敢に前に立つ。

と、河西の顔が強張った。

見知らぬ若者が駈けてくる。

夜目《よめ》にもはっきりと見て取れるほどの、六尺豊かな巨漢だった。

「何奴か！」

谷の一喝にも答えず、巨漢は仁王立《におうだ》ちになる。

侍たちを睥睨《へいげい》する姿に、微塵《みじん》も隙は無い。

「ひ、退《ひ》けっ」

河西の決断は早かった。


侍たちの姿が消えるまで、弥十郎はじっと睨《にら》みを効かせていた。その間にお花と勝平は文六の肩を支え、小屋に連れ帰っていく。

「お前さん、貫禄だなぁ」

一人だけ戻ってきた勝平は、心から感心した様子でつぶやいた。

「留蔵爺さんばかりじゃなく、佐吉親分まで惚れ込んでるのも無理はあるめえ」

「……間に合って、何よりだったな」

それだけ告げると、若者は踵を返す。

「爺さんによろしく言ってくんな」

感謝の声を背に、弥十郎は走り去っていった。

# 二十一

翌朝。

弥十郎は、谷中の仕舞屋《しもたや》に佐吉を訪ねていた。

「片が付くまで、文六とお花ちゃんを匿《かくま》ってやってくれないか」

「……お前ら、とうとうおっ始《ぱじ》める気かい？」

寝間着姿のまま出迎えた佐吉は、じっと弥十郎を見返す。

幕府のお偉方を相手に、本気で一戦を交える覚悟があるのか。そう、目で問うているのだ。

「お江戸のみんなの楽しみを、手前勝手にさせては置かない」

答える若者の口調に、迷いは無い。

佐吉の口元が、ふっと緩んだ。

「腹を括《くく》ったんなら、止めはしねぇよ」

「親分」

「あの二人のことなら、任しておきな」

請け合う佐吉の顔は、どこまでも頼もしかった。

# 二十二

「わーい！」

長屋裏の空き地で、こどもたちが花火に興じている。

ねずみ花火に手持ちのおもちゃ花火と、いずれも一文か二文で買える代物だが、小さな者たちはきゃあきゃあ言いながら熱中している。

弥十郎が付いていてくれるので、大人たちは安心だ。

ふと、若者は精悍な顔を上げた。

空き地の前に、伊織が立っている。

辻謡曲の商いを終えたばかりと見えて、丸めた莚《むしろ》と籠を小脇に抱えていた。

目で頷いた弥十郎は、こどもたちに呼びかけた。

「そろそろ帰ろうか」

「えー」

「まだのこっているんだよぉ、おにいちゃん」

一様にがっかりした顔になるのも、無理はあるまい。

「あしたの楽しみに取っておきな」

すげなく答えると、弥十郎は手桶《ておけ》を指した。

あらかじめ、井戸水を汲ませておいたものだった。

「さ、早く消しちまいな」

言われた通りに、こどもたちは手にした燃えさしを手桶に突っ込む。

余った花火をまとめて、弥十郎は年嵩《としかさ》の少年に渡した。

「間違っても火に近付けちゃいけないぞ、三太《さんた》」

「わかってるさ」

三太と呼ばれた男児は、とんと胸を叩いてみせる。

この界隈のがき大将だけに骨太でがっしりしているが、手足はこどもらしく、むっちりと肉付きがよい。

貧しい裏長屋暮らしでも江戸のこどもたちは飢えることなく、健やかだった。

「もうすぐかわびらきだね、おにいたん」

舌の回らない口調で言いながら、小さな女児が弥十郎にまとわりつく。

「そうだよ」

肩車してやった弥十郎は、明るく告げるのだった。

「花火はみんなのもんだ。誰も、好き勝手にしちゃいけないのさ」

辻番所では、留蔵が焦《じ》れた様子で待っていた。

「いつまで遊んでいるんでぃ、弥の字！」

「ごめんよ」

素直に謝る弥十郎に、さすがの留蔵も強くは言えない。

「さて、段取りをもう一度確かめておこうか」

「そうしやしょう」

伊織が促すのに応じて、留蔵は絵図面を取り出す。

「正面から乗り込んじゃ、無駄に敵を増やすばかりだ。忍び込むのが上策だぜ」

用意された図面は留蔵が勝平から聞き込んだ話を基に、伊織と弥十郎が協力して作成したものだ。

かつて主持侍《しゅうもちざむらい》だった伊織は、武家屋敷の構造を熟知している。

沢田邸の警護がどのような配置になっているのかは、自ずと察しが付いた。

「驕り女は、私が仕留める」

決意も固く、伊織は立ち上がった。

## 二十三

「夕餉は要らぬぞ、美代」

「またお出かけなのですか？」

身支度を整えている父の姿を、美代が心配そうに見つめている。

山吹色の袷に、浴衣《ゆかた》と一緒に先日購《あがな》ってもらったばかりの塩瀬《しおぜ》帯がよく映えていた。

「大事ない」

安心させるように一言告げて、伊織は土間に降り立つ。

「川開きの花火、楽しみにしておれよ」

その視線は、衣桁《いこう》に向けられていた。

「新しい浴衣、そなたによく似合いそうだの」

朝顔《あさがお》の柄《がら》は、若い娘時代なればこそ映えるものだった。

「父様……」

「花火見物、必ずや共に参ろうぞ」

それは伊織が自分自身に対して告げた、生きて戻るための誓いであった。

## 二十四

根津から芝・愛宕下までは、徒歩ならば優に一刻《いっとき》（約二時間）はかかる。

弥十郎が走る。

伊織が駈ける。

足拵えは、共に足半《あしなか》だった。

剣術を等しく修めた男たちは上体を傾《かし》がせることなく、速やかに歩を進めていった。

## 二十五

沢田帯刀は私室で書見台《しょけんだい》の前に座し、漢籍《かんせき》を繙《ひもと》いていた。

と、六尺豊かな巨漢が天井裏から降り立つ。

「何者か！」

腰を上げた悪旗本は、とっさに襖際《ふすまぎわ》へと走った。

長押《なげし》の上には、槍掛《やりか》けが設けられている。

武家屋敷内で凶事が出来《しゅったい》したとき、まず最初に用いられるのは長柄武器である。刀なり短刀《たんとう》なりを振るう襲撃者と相対《あいたい》するとき、長い柄を備えた槍や薙刀《なぎなた》のほうが遥《はる》かに有利だからだ。

槍掛けには二間《にけん》柄の長《なが》槍と、一間柄の枕《まくら》槍が架けられている。

帯刀が伸ばした右手に握ったのは、枕槍だった。

対手《たいて》がそう出ることを、弥十郎はあらかじめ予測していたわけではない。

「思い出したぜ……」

つぶやくと同時に弥十郎は足下の畳を蹴り、床の間へ跳ぶ。

「武家屋敷ってのは、槍が常に備えてあるんだったたっけな」

また何かひとつ、過去の記憶を取り戻したらしい。

快い思い出ではないらしい。弥十郎の精悍な横顔には苦い色が漂っていた。

しかし、今は過去に想いを馳せている場合ではない。

床の間の刀架に伸ばした手は、鞘ぐるみの大刀をさっと摑んでいた。

帯刀はすでに槍鞘を足下に落とし、左手を柄に添えている。

十分な心得を感じさせる臨戦態勢だった。

「やっ」

気合いを発しながらの突きが、弥十郎に殺到する。

応じて、弥十郎は刀を抜き打った。

鍔《つば》を体の内側に絞り込むようにしながらの抜刀法は、足下を狙っての攻撃に応じるためのものである。

「！」

帯刀の顔に、信じられないといった表情が浮かぶ。

切《き》っ先《さき》を下に向けて抜き打ち、弥十郎は必殺を期《き》した刺突《しとつ》を叩き落としたのだ。

下段《げだん》から上段《じょうだん》へ、流れるように刀を振りかぶる。

鋭い斬撃《ざんげき》が帯刀の真《ま》っ向《こう》を割ったのは、ほんの一瞬後のことだった。

二十六

「曲者《くせもの》だ！」

「出合え出合えっ！」

家士たちがおっとり刀で駈け出していく。

物陰に身を潜めたまま、伊織は一群の侍を見送った。

「弥十郎、やったな」

つぶやくと、伊織は奥へ忍び入った。


「騒がしいのう」

けだるい顔で、豊世は縁側を見やる。

開け放した障子の向こうに、男の孤影《こえい》が浮かび上がった。

「誰か」

答えはない。

黒装束の男は、表情のない顔で見返してきた。

「案内《あない》も乞《こ》わずに、無礼であろう」

やはり、答えはなかった。

「下がれ……」

皆まで言わせず、風の如く飛び込んできた男は豊世の口をふさいだ。

噛みつこうとしたが、摑まれた顎は思うように動いてくれない。

奥女中を遠ざけていたのが災いしたと悔いたときには、もう遅かった。

「！……」

驕り女の双眸が、裂けんばかりに見開かれる。

しかし、声を発することは叶わなかった。

首筋を貫いた馬針《ばしん》を、伊織はそっと抜き取る。

余計な恨み言は何ひとつ、口にはしない。

だが、伊織の横顔には積年の呪縛《じゅばく》から解放された、一抹《いちまつ》の安堵の感が漂っていた。

二十七

伊織が庭に降り立った。

「待て」

と、その前に二人の侍が飛び出してくる。

豊世の走狗《そうく》、河西と谷だった。

「奥方様まで手にかけるとは……そなた、花火師どもの身内か」

「否」

河西の問いかけに、伊織は淡々と答えた。

「誰でも構わぬ。存分に、刀の錆《さび》にしてくれようぞ」

うそぶく河西の横では、すでに谷が抜き身を構えている。

一対二となれば、明らかに分《ぶ》が悪い。

伊織の得物《えもの》は、ただ一本の馬針だけだ。

しかし、この場は何としても切り抜けなくてはならない。

守るべき宝の美代を残したまま、死に果てるわけにはいかない身の伊織だった。

意を決して、脇差《わきざし》の櫃《ひつ》に右手を走らせる。

握った馬針を短刀の如く振るい、迫り来る侍たちを迎え撃つ積もりなのだ。

そこに、若者の精悍な声が聞こえてきた。

「一人は任せろ、伊織さんっ！」

言うと同時に、弥十郎は跳んだ。

応じて斬りかかった谷が目前に迫った刹那、着地した若者はすっと上体を沈める。

「う！」

みぞおちを拳で打たれた瞬間、谷の脇差は弥十郎の手の内に在った。

よろめきながらも振り下ろした谷の刀を、伸び上がった弥十郎は軽やかに受け流した。

これほどまでに間合《まあ》いが詰まっていれば、刀身が一尺そこそこの脇差でも、十分に武具《ぶぐ》としての用を為す。

弥十郎の脇差が谷の左首筋に打ち込まれたとき、伊織は河西と対峙《たいじ》していた。

不敵に笑いながら、河西は鯉口《こいぐち》を切る。

刀を鞘走《さやばし》らせる動きは、実に落ち着いたものだった。

朋輩を目の前で仕留められながら、余裕の態度を失っていないのは、加勢が駈けつけてくれるのを期待してのことなのであろう。

「今年も生き胴を試す機を、拙者《せっしゃ》は楽しみに待っておったのでな」

伊織の双眸が、軽侮《けいぶ》の念に歪む。

この侍もまた、己が好むところのために人を踏みにじる外道なのだ。

無言で、河西は刀を頭上に振りかぶった。

背筋に沿って切っ先を思い切り垂らした、様《ためし》剣術の構えである。

「そなた」

伊織が告げたのは、一言だけだった。

「刃にて試される苦しみをその身で味おうて、地獄へ参るがよい」

「抜かせっ」

短く叫ぶと、河西は刀を一閃《いっせん》させる。

後方へ跳びながら、伊織は右手から馬針を放った。

一瞬でも頃合いを見誤れば、河西に打ち落とされていたことだろう。

だが、手裏剣術《しゅりけんじゅつ》の達人の一投は、様剣術で刀勢《とうせい》の鋭さに磨きをかけてきた若侍の太刀筋《たちすじ》をも完全に見切っていた。

「馬鹿な……」

額に馬針を打ち込まれ、崩れ落ちかけた河西の胴を凄絶《せいぜつ》な一刀が薙《な》いだ。

谷の刀を拾った弥十郎の、怒りを込めての仕置きだった。

「斬られる痛み、思い知ったか」

それだけ言い置き、弥十郎は踵を返す。

伊織は無言のまま、後に続く。

弥十郎はまた、腕を上げたようだった。

正確には、過去に習い覚えた術技を取り戻したと言うべきであろう。

左手を主、右手を従にして横一文字《よこいちもんじ》に薙《な》ぎ払《はら》う太刀筋は伊織が読んだ通り、彼の貸し与えた竹光で、ひそかに稽古を積んだ成果に他ならなかった。

胴を両断された河西の亡骸に、蚊柱が立っている。

闇の中に浮かび上がった一群の羽虫《はむし》には、この屋敷の裏庭で無惨にも命を奪われた、二人の花火師の恨みが宿っているかのようだった。

## 二十八

「妄執は晴れたかい、伊織さん」

「そなたのおかげでな」

走り去る二人の背中を、滝夜叉の佐吉が見つめている。

屋敷前の辻に身を潜め、弥十郎と伊織が事を終えるのを待っていたのだ。

予想通り、留蔵一党の始末は完璧《かんぺき》だった。

「あいつら、やりやがったな」

佐吉の横顔には、満足そうな微笑みが浮かんでいた。

## 二十九

火薬の壺に思い切りよく、水がぶっかけられた。

沢田邸から拝領した大量の材料を無に帰《き》すことを、文六はためらわなかった。

とはいえ、川開きの夜に花火を打ち上げることを諦《あきら》めたわけではない。

「せっかく貯めてくれた店賃《たなちん》なのに、許してくんな」

「いいんだよ、六ちゃん」

すべてを察した顔で、お花は重そうな胴巻きをそっと握らせる。

菜屋の配達先でもらう駄賃《だちん》を稼ぎ貯めた銭は、ちょうど花火一発分の材料費に手が届く金額だった。勝平が用立ててくれた大枚の金は謹んで返納し、菜屋のあるじにはもう一度、これからは通いで雇ってもらえるように許しを得ていた。

川開きの夜まで、残り幾日かを数えるばかりである。

丸星は玉屋でかねてより造り溜めていたものを流用するにしても、ぎりぎりの日数しか無い。

その日から、文六の新たな戦いが始まった。


完成したのは、二十八日の朝だった。

「できた……！」

ぐったりと倒れ、死んだように眠りこけた若者に代わって玉屋のあるじ・市兵衛《いちべえ》に掛け合い、文六入魂の花火を店の名で打ち上げてもらえるようにしたのは、陸尺の勝平である。

折しも沢田夫婦が病死したと公儀《こうぎ》に届け出が為されていたのが幸いし、出来を見た上で文六をお抱えの職人として復帰させるか否かを、決めるという運びになった。

「夕方まで寝かせておきねぇ」

案じるお花に、勝平はそっと告げる。

「こいつぁ、手前《てめえ》の責を立派に果たしたんだ……きっと、お前のことも幸せにしてくれるだろうさ」

三十

混み合う景勝《けいしょう》の地まで無理に繰り出さなくても、河原をそぞろ歩きながら眺めるだけで花火は十分に楽しめる。

「いいもんだなぁ」

徳利《とっくり》と湯呑みを持ち出した留蔵は、一杯傾けながらの花火見物に上機嫌だった。

「夏ですねぇ、父上」

美代もおろし立ての浴衣姿で、朗《ほが》らかに空を見上げている。

弥十郎と仲良しの長屋のこどもたちも、親に連れられて総出の見物だ。

見れば佐吉も、お峰と連れ立って来ている。

誰もが皆、川開きの夜に心地よく酔っていた。

寛ぐ一同から離れ、弥十郎は独《ひと》りで川辺に立つ。

その双眸に、新たな光が映じた。

漆黒《しっこく》の空に、ひゅるひゅると花火玉が舞い上がる。

程なく、ぽんという軽やかな音がした。

刹那、大輪の花が夜空に咲く。

文六の打ち上げた花火は、取り立てて派手ではない『かむろ菊』だ。

しかし、どこまでも自然だった。

野《や》に生きる者の心意気を余さず託した一輪に、弥十郎はしみじみとつぶやく。

「俺も……同じだったな」

それ以上は何も言わず、すっと踵を返す。

若者の失われた記憶の一部がまたひとつ、取り戻されたらしい。

辻風弥十郎。

共に市井に生きる人々のため、五体に刷り込まれた凄絶な剣技を遣う若者の行く手には果たして、何が待ち受けているのだろうか。

今はまだ、誰も知らない。

# 解説

佐野《さの》絵里子《えりこ》
（漫画家）

「そうだ、時代小説を読もう！」

——とおおかたの人が思うのは、ほんの少し別世界へトリップしたくなった時ではないでしょうか。江戸情緒に浸り、剣戟場面に血沸き肉躍り、現実の日常ではめったにお目にかかれないような好漢たちの活躍に胸のすく思いがして、悪人たちに下される天誅に溜飲を下げる……。加えて四季折々の風情や、旬の味覚まで（文章でですが）味わうことができれば、まさに言うこと無し！

そんな気分にぴったりの一冊が、本書『悪滅の剣』です。中編連作時代小説のシリーズもので、前作『辻風の剣』に続く第二弾として書下ろされました。

——根津権現の辻番所を預かる老爺・留蔵と、辻謡曲を生業とする浪人・田部伊織は、庶民を泣かせる悪党をひそかに始末する裏稼業を持っている。ある日、いつものように悪党に仕掛けた伊織は、行き倒れになっていた若い武士を助け、辻番所の留蔵に預ける。深手を負って記憶を失っているその若い武士を介抱するうちに情が移ってしまった留蔵は、いつしか息子のように思い始め、「弥十郎」という名をつけてやる。その弥十郎は、ひとかどの剣客である伊織も目を見張るほどの武芸の手練だった！——

こんなふうに始まる前作では、弥十郎が、留蔵と伊織の人情や人柄に感じ、仲間になってゆくさまが丁寧に描かれ、留蔵たちの「商売敵」である岡っ引きの佐吉とのやり取りも、迫力ある対決シーンとして見せ場のひとつになっています。続く本書では、固い絆で結ばれた留蔵、伊織、弥十郎の三人が更に生き生きと活躍し、彼らと反目しあっていた佐吉との間柄も微妙な変化を見せるという、前作からの読者にはますます嬉しい展開になっています。

悪人を闇仕置にかける、というストーリーが重苦しく感じられず、読後感が心地よいのは、登場人物の情がこまやかに丁寧に描かれているからでしょう。——生まれが貧しく、若い頃には無頼の生活を送った留蔵が、身寄りの無い老境を迎え、初めて持った「家族」・弥十郎に、実の父親以上の愛情を注ぐ心情や、それゆえにやきもちを焼いたり拗ねたりする姿は、なにやら可愛らしくさえ思えます。また、かつては東北のさる藩で剣術師範まで務めた田部伊織は、主君の横暴、武家社会の非情に翻弄されながらも、亡き愛妻との間の一人娘・美代のためだけに生きる……。ふだん一分《いちぶ》の隙も無いほど沈着冷静な伊織が、美代に「裏稼業」のことが露見しそうになって狼狽する様子など、可笑しくも微笑ましい場面ではありませんか。そして「六尺豊かな美丈夫」である弥十郎が天真爛漫《てんしんらんまん》に近所の子供達と戯れている光景にも、思わず頬がゆるみます。記憶を失っているがゆえの天真爛漫さなのか、もともと真っ直ぐな気性だったのか……。それは今後の展開で明らかになってゆくのでしょうが、実は、前作『辻風の剣』の冒頭、序章の部分に、弥十郎とおぼしき若い武士の本来の姿と、彼が背負った宿命の一端が語られているのです。剣術のみならず、戦国時代さながらの実戦用格闘技まで習得している弥十郎の生い立ちは？　本当の身の上は？　早くも次回作が待ち遠しいところです。さらに彼ら三人を引き立ててくれる脇役たち……。中でも一見強面《こわもて》ふうに見えながら、実は正義感にも人情にも篤い佐吉の魅力が光ります。留蔵たちとの「一時休戦」の状態が今後どのようになってゆくのか楽しみです。そして、主要男性キャラクターが多かれ少なかれ「可愛いところ」がある中、佐吉の幼馴染である居酒屋の女あるじ・お峰や、伊織の愛娘で高島田の髷もういういしい十四歳の美少女・美代までも、女性陣がなにやら大人っぽく、男たちを暖かく見守る様子などは女性読者ならずとも好ましく感じられるのではないでしょうか。

　季節感も作品の魅力のひとつです。三話構成で流れる季節は、歳時記ふうになっていて、正月の三河万歳や、夏の訪れを告げる大川の川開きなど、随所に盛り込まれている風物詩も物語に深みを感じさせてくれます。前作と同様、三話めの季節が本の初版刊行の季節に合わせてあるのは、作者のこだわりと漏れ聞いております。

こだわりと言えば、主人公格の三人がみな「辻」に関連がある設定になっているのもまた意味深です。留蔵は「辻番所」の番人ですし、田部伊織は「辻謡曲師」、そして弥十郎につけられた仮の姓は「辻風」……。民俗学者の説によれば、古来より「辻」(十字路)という場所に、人は独特の宇宙観を持っていたのだそうです。人々が行き交い、出会いと別れの場でもある「辻」。そこに、離合集散という人の世の条理を見出していたのかもしれません。そう思うと赤の他人である留蔵と弥十郎の擬似親子関係も、伊織との「仲間」という縁《えにし》も、一期一会の儚《はかな》さを含んでいるようで、一層いとおしく感じられます。それにしても、「辻番所」の番人に老人が選ばれる理由も、「辻謡曲」という生業があることも、私はこの作品(前作)を読んではじめて知ったのですが、中でも伊織の辻謡曲の場面など、是非とも音声付きの映像で観てみたいような渋い味わいがあります。

しかし、なんといってもこの作者の真骨頂は剣戟描写でしょう。時代小説最大の醍醐味とも言える剣戟シーンでの迫真の筆遣いが、時代物好きのツボをみごとに刺激してくれるのです。武技の応酬場面では各々の手にする武器の解説をふくめ、佩刀の角度から体さばき、武器の構えに至るまで、具体的な描写がなされていて視覚的イメージをそそります。だらしなく「落とし差し」にしていては素早く抜刀できず、地面とほぼ平行の「閂《かんぬき》」に差し、右手で柄を握って抜くと同時に左手で「鞘引き」をきかせて抜いた刀が、確かな説得力をもって敵の悪党を倒す……。そんなリアルで迫力あるシーンが随所に見られます。登場する武器の種類も多様で、たとえば敵の振るう「仕込み萎し」の思わぬ弱点など、武具や剣技の豊富な知識に裏付けされた剣戟場面は、この作品でも一番の醍醐味ではないでしょうか。

それもそのはずで、作者の牧秀彦氏は時代小説家であると同時に、刀剣、剣術、剣豪などに関するノンフィクションのジャンルでも活躍する作家なのです。二十歳より、夢想神伝流居合道を始め、現在四段という武道修行の経歴が、ノンフィクションの分野でも小説の世界でも遺憾なく発揮されています。『剣豪　その流派と名刀』『剣豪全史』『名刀　その由来と伝説』（以上、光文社新書）、『図説　剣技・剣術』『名刀伝説』（以上、新紀元社）などの解説本は、とかく専門家の書いた難解な内容になりがちなジャンルにあって、一般の人にわかりやすく、イメージしやすく配慮されています。「こういうのを待っていたんだ！」という時代劇・剣戟ファンも多いのではないでしょうか。それというのも牧氏は幼少のみぎりより大の時代劇ファンで、いつかはテレビ時代劇の脚本か時代小説を書きたいと思っていたそうで、そういう製作にたずさわる人の為の、わかりやすい解説書の必要性を誰よりもよく知っておられたからでしょう。「時代物を書くには、まず武道の修行だ」と、居合の修業を始め、その体験を活かして時代劇好きの人のための解説本を書く……。そんな作者の手によるからこそ、本書『辻風の剣』シリーズをはじめ、居合の開祖・林崎重信が戦国期の剣豪たちと次々に相まみえる『抜刀秘伝抄』シリーズや、さる名家の御落胤・松平蒼二郎が、颯爽と江戸の悪を斬る『陰流・闇仕置　松平蒼二郎始末帳』シリーズ、火盗改長官・荒尾成章が凶悪犯罪を捜査するハードボイルド『大江戸火盗改　荒神仕置帳　音無しの凶銃』（以上、学研M文庫）などの時代小説でも、リアリズムが生み出す剣戟の魅力が余すところなく発揮されるのでしょう。牧氏の小説によく出てくる「(刀の柄の）菱巻にかけた指を締めて……」といった表現は、リアルな解説調であると同時に、まるでそこだけマクロレンズで撮ったカットが挿入された映像のように、じつに視覚的です。

じつは、氏が剣術・刀剣の解説コラムを執筆されている漫画雑誌「コミック乱ツインズ」（リイド社）に、私も連載を持っているご縁から懇意にさせていただいているのですが、ある年の出版社の新年会で、初対面のご挨拶もそこそこに「刀と太刀の刀身の違いを教えてください」などとあつかましくも質問した私に、嫌な顔ひとつせず、丁寧にわかりやすく説明してくださったのは、お人柄というほかありません。武道修行のほかにも、ご自身の体験が作品に活かされているのが、家庭料理に関することです。本書中に出てくる、留蔵がおかずに焼いた塩鯖や、美代が夕餉の膳に用意した「船頭飯」（蕪《かぶら》が崩れるまで煮込んだ味噌汁をかけたご飯。池波正太郎『剣客商売　包丁ごよみ』でおなじみの一品）は、牧さんご本人の好物とのことで、先に知っていただけに一層面白く読めました。小説中に出てくる家庭料理は、ほとんどご自身のレパートリーと聞いていますので、今後もどんな料理が登場するか楽しみなところです。

もうひとつ実践に基づくのが和服です。折々に和装で外出されるそうで、それも、和服を着たときの体さばきを体感的に身につけたいから、とのこと。くだんの新年会でも、長身に紺の大島紬がよくお似合いでした。着物談義になったときに「男性には、兵児帯《へこおび》もあるから、それなら楽でいいですね」などと私が申しましたところ、「いえ、角帯《かくおび》でなければ、刀は差せませんから」とのお答え。ううむ……さすが、です。

光文社文庫

文庫書下ろし／連作時代小説
悪《あく》滅《めつ》の剣《けん》
著 者 牧《まき》 秀《ひで》 彦《ひこ》

2005年6月20日 初版1刷発行

発行者 篠 原 睦 子
印 刷 堀 内 印 刷
製 本 榎 本 製 本

発行所 株式会社 光 文 社
〒112-8011 東京都文京区音羽1-16-6
電話 (03)5395-8149 編集部
8114 販売部
8125 業務部
振替 00160-3-115347


ISBN4-334-73900-8 Printed in Japan

**お願い**　光文社文庫をお読みになって、いかがでございましたか。「読後の感想」を編集部あてに、ぜひお送りください。

このほか光文社文庫では、どんな本をお読みになりましたか。これから、どういう本をご希望ですか。

どの本も、誤植がないようつとめていますが、もしお気づきの点がございましたら、お教えください。ご職業、ご年齢などもお書きそえいただければ幸いです。当社の規定により本来の目的以外に使用せず、大切に扱わせていただきます。

**光文社文庫編集部**

光文社文庫　好評既刊

シンガポール蜜月旅行殺人事件　山村美紗
故人の縊死により　山村美紗
寒がりの死体　山村美紗
宮崎旅行の殺人　山村美紗
京都・宇治川殺人事件　山村美紗
紫水晶殺人事件　山村美紗
魂の流れゆく果て　梁石日 写真 裵昭
別れの言葉を私から　唯川恵
刹那に似てせつなく　唯川恵
妖樹・あやかしのき　夢枕獏
ハイエナの夜　夢枕獏
月の王　夢枕獏
金田一耕助の帰還　横溝正史
金田一耕助の新冒険　横溝正史
EAT&LOVE　横森理香
怪文書殺人事件　吉村達也
京都魔界伝説の女(上・下)　吉村達也

算数・国語・理科・殺人　吉村達也
遠隔推理　吉村達也
奇襲　龍一京
急襲　龍一京
盗撮　龍一京
死盗　龍一京
交番巡査の誇り　龍一京
少女(新装版)　連城三紀彦
ヴィラ・マグノリアの殺人　若竹七海
名探偵は密航中　若竹七海
古書店アゼリアの死体　若竹七海
信州湯の町殺しの哀歌　和久峻三
悪夢の女相続人　和久峻三
三人の酒呑童子(上・下)　和久峻三
蛇姫荘殺人事件　和久峻三
ひまわり時計の殺人　和久峻三
あやつり法廷　和久峻三

# 光文社文庫　好評既刊